JCオリヴィアのプリティ・プリンセス日記

メグ・キャボット／著
代田亜香子／訳
鳥羽 雨／絵

★小学館ジュニア文庫★

中学生活《ちゅうがくせいかつ》って
あたしが思《おも》ってたのと
全然《ぜんぜん》ちがう
あたし　オリヴィア
フツーの中《ちゅう》1
プリンセス・オリヴィア・グレース・クラリッサ・ミニョネット・ハリソン！
だって想像《そうぞう》できる？
友《とも》だちだと思《おも》ってた
アナベルに
呼《よ》びだされて
あんたに
身《み》のほどってものを
教《おし》えてあげる！
ぼっこぼこに
されるなんて！

待《ま》って話《はな》し合《あ》おうよ
あたし何《なに》か怒《おこ》らせるようなことした？
はあ？本気《ほんき》で何《なに》も知《し》らないっていうの？
あんたのお父《とう》さんはねプリンスなのよ！
ジェノヴィアのプリンス！
ぽかーん
え、何《なに》それありえないよ
だってだってそしたらあたしは…

プリンセスでしょ？
ギリッ
ちがう！そんなのありえない…
とぼけるんじゃないわよ
どっちにしてもぶちのめしてあげるわ！
う、うそ〜!?
もうダメ…
オリヴィア？

!!
そのとき
あらわれたのは
いままで生《い》きてきて
いちばんビックリな人《ひと》
プリンセス・ミア
あの有名《ゆうめい》な
ジェノヴィアの
プリンセス!!
オリヴィア・グレース・ハリソン！
え、あたしって、プリンセス!?
あたしの人生《じんせい》サイアクで
サイコーの出来事《できごと》については
日記《にっき》を読《よ》んでね！

Olivia's Diary

JCオリヴィアの
プリティ・プリンセス日記《にっき》

Characters

おもな登《とう》場《じょう》人《じん》物《ぶつ》

クランブルックの人《ひと》たち

オリヴィア

（オリヴィア・グレース・クラリッサ・ミニョネット・ハリソン）

この物語《ものがたり》の主人公《しゅじんこう》のＪＣ《ジェイシー》（女子中学生《じょしちゅうがくせい》）。アメリカ・ニュージャージーにあるクランブルック中《ちゅう》学《がく》の１年生《ねんせい》。赤《あか》ちゃんのときにママが亡《な》くなってしまい、いまは、ママの妹《いもうと》であるおばさんの家族《かぞく》とニュージャージーのクランブルックで暮《く》らしている。パパには一度《いちど》も会《あ》ったことがないけど、手紙《てがみ》のやりとりはしていて、パパからすすめられて、いつも日記《にっき》を書《か》いている。

アナベル

オリヴィアのクラスメイトで天敵《てんてき》。美人《びじん》でモテる。

ニシ

オリヴィアのクラスメイトで親友《しんゆう》。パパとママはインドの人《ひと》。

リックおじさん

（リック・オトゥール）

キャサリンおばさんの夫《おっと》。デザイン事務《じむ》所《しょ》と建設会社《けんせつがいしゃ》を経営《けいえい》。

キャサリンおばさん

（キャサリン・オトゥール）

亡《な》くなったママの妹《いもうと》。インテリアデザイナー。

ジャスティンとサラ　リックおじさんの連《つ》れ子《こ》で、オリヴィアの義理《ぎり》のいとこの兄妹《きょうだい》。

ベス・チャンドラー、ふたごのネタとクエッタ
オリヴィアの友《とも》だち。

ジェノヴィアの人《ひと》たち

ミア

（アメリア・ミニョネット・グリマールディ・サモパリス・レナルド）

ヨーロッパの小《ちい》さな国《くに》、ジェノヴィアの超有名《ちょうゆうめい》なプリンセス。26歳《さい》。ニューヨークでシングルマザーのママと暮《く》らすフツーのJK《ジェイケー》だったけど、高校《こうこう》1年《ねん》のとき、じつはプリンセスだったことが判明《はんめい》！高校卒業後《こうこうそつぎょうご》、ニューヨークで環境保護《かんきょうほご》や教育《きょういく》、人権擁護《じんけんようご》の仕事《しごと》をしている。近々《ちかぢか》、婚約者《こんやくしゃ》のマイケルと結婚《けっこん》して、ジェノヴィアの宮殿《きゅうでん》に住《す》む予定《よてい》。

パパ

（アーター・クリストフ・フィリップ・ジェラード・グリマールディ・レナルド）

ジェノヴィアの大公《たいこう》（プリンス）。50歳《さい》。スキンヘッドで、イケメンで、モテモテのプレイボーイ。

おばあさま

（クラリッサ・グリマールディ・レナルド）

ジェノヴィアの前大公《ぜんたいこう》の未亡人《みぼうじん》。年齢《ねんれい》非公表《ひこうひょう》。ものすごくコワいが頼《たよ》りになる。若《わか》いころは絶世《ぜっせい》の美女《びじょ》でモテモテだった……らしい。眉毛《まゆげ》がタトゥー。

ラメル

ミニチュアプードル。おばあさまの犬《いぬ》。年《とし》をとっていて、（ストレスで）毛《け》がない。

スノーボール

ミニチュアプードル。おばあさまの犬《いぬ》。ふわふわで真《ま》っ白《しろ》な子犬《こいぬ》。

ラーズ　ミアのボディガード。

サビーン　オリヴィアのボディガード。

生《せい》物《ぶつ》の授《じゅ》業《ぎょう》中《ちゅう》

中学生活《ちゅうがくせいかつ》って、いまのところ、あたしが思《おも》ってたのとぜんぜんちがう。

ま、期待《きたい》しすぎだったのかも。いいことばっか、きかされてたし。いろんなところから、中学《ちゅうがく》に行《い》けばあれができるだのこれができるだの、話《はなし》がきこえてくるんだもん。

そのくせだれも、教《おし》えてくれなかった。中学《ちゅうがく》では、いきなりとうとつにアナベル・ジェンキンズが校庭《こうてい》のすみでぼこぼこにしてやるっておどしてくる、なんて。

いま、まさにその状況《じょうきょう》。二時間目《にじかんめ》のあと、アナベル・ジェンキンズに廊下《ろうか》で突《つ》き飛《と》ばされた。

とっさに思《おも》ったのは、わざとじゃないよねってこと。だって、アナベル・ジェンキンズにあたしが何《なに》したっていうの？

だから、あたしは「あっちゃー。ま、へいきへいき」とかいいながら、しゃがんで、バインダーからはずれて落《お》ちた紙《かみ》を拾《ひろ》い集《あつ》めた。バインダーの内側《うちがわ》をチェックすると、ピンク色《いろ》の紙《かみ》に書《か》いた時間割表《じかんわりひょう》は、ちゃんとテープでとまったままだ。ほっ。

もう五月《ごがつ》だから、九月《くがつ》に新学年《しんがくねん》がはじまって半年以上《はんとしいじょう》たつ。なのにまだ時間割表《じかんわりひょう》がないと不安《ふあん》なんて、ヘンなのはわかってる。だけど、こればっかりはしょうがない。時間割《じかんわり》をなくすと、成績表《せいせきひょう》にバツがひとつつく。中学《ちゅうがく》に入《はい》ってからいまのところ、せっかくバツをもらわずにやってきたのに。

それに、バインダーの内側《うちがわ》にいつも時間割表《じかんわりひょう》があるのって、安心《あんしん》。だってほら、とつぜん記憶喪失《きおくそうしつ》とかになるかもしれないし。

「だいじょうぶ。うん、時間割《じかんわり》も、はずれてないし」

あたしはアナベルにいいながら、立《た》ちあがった。

そのとき、アナベルが超意味不明《ちょういみふめい》な行動《こうどう》に出《で》た。っていうか、本気《ほんき》で意味不明《いみふめい》。クランブルック中学一年《ちゅうがくいちねん》でいちばん美人《びじん》でいちばんモテるアナベルが、そんなことするなんて。

アナベルが、またあたしを突《つ》き飛《と》ばした！

全力《ぜんりょく》で思《おも》いっきり。あまりの力《ちから》に、あたしはバランスをくずして、みんなの見《み》てる前《まえ》でおしりからべたっと転《ころ》んだ。

ケガしたとかじゃないけど（プライドはずたぼろ）。

でもやっぱり、めちゃくちゃ衝撃的《しょうげきてき》。

だって、その瞬間《しゅんかん》までずっと、アナベルとあたしは友《とも》だちだと思《おも》ってたから。親友《しんゆう》ってわけじゃないけど。ランチのときにいっしょにすわるとかじゃないし。アナベルって、自《じ》分《ぶん》のテーブルにだれをすわらせるかについて、すごくこだわりがある。

だけど、少《すく》なくとも敵対《てきたい》はしてないはず。おたがいの家《いえ》に遊《あそ》びに行《い》ったこともある。あたしの義理《ぎり》のおじさんが、アナベルのお父《とう》さんと仕事《しごと》してる関係《かんけい》で。アナベルの家《いえ》に行《い》くといつも、得意《とくい》の体操《たいそう》でもらった賞《しょう》のトロフィーとかをぜんぶ見《み》せてくれるし、アナベルがうちに来《く》ると、あたしが描《か》いた野生動物《やせいどうぶつ》の絵《え》を見《み》せる。アナベルはいまいち興味《きょうみ》なさそうだけど、あたしたちってまあまあうまくつきあってるんじゃないかなと思《おも》ってた。

ちがったらしいけど。

「あんたの時間割《じかんわり》の心配《しんぱい》なんか、してないわ。自分《じぶん》のこと、スゴいって思《おも》ってるんでしょ？　どうなの、プリンセス・オリヴィア」

アナベルは、せせら笑《わら》った。

「へっ？　アナベル、どうかした？」

あたしは、思《おも》わず背《せ》すじをぴんとした。

どうかしたのかって思《おも》ったのは、つぎのことにぜんぜん思《おも》い当《あ》たらないから。

アナベル・ジェンキンズが、

1. あたしがもってたバインダーにぶつかって落《お》とす
2. あたしを突《つ》き飛《と》ばす
3. あたしが自分《じぶん》のことをスゴいと思《おも》ってるのかたずねる
4. あたしをプリンセスって呼《よ》ぶ

以上《いじょう》の理由《りゆう》が、まったく思《おも》いつかない。

もしかして、愛犬《あいけん》が車《くるま》にひかれたかなんかで、八《や》つ当《あ》たりしてるとか？

アナベルが犬《いぬ》を飼《か》ってたかどうかも定《さだ》かじゃないけど。この前家《まえいえ》に行《い》ったときは、見《み》かけてない。あたしは犬《いぬ》が大好《だいす》きだから、いたらきっと気《き》づくはず。

でもどうやら、うまくやってるってのは、あたしのかんちがいらしい。

だってそのあと、おなじく美人《びじん》でモテるアナベルの友《とも》だちが全員《ぜんいん》――すでに集《あつ》まってきてて、アナベルがあたしをいたぶるのを見物《けんぶつ》してた――思《おも》いっきりげらげら笑《わら》いだした。

アナベルがあたしのマネをするのをきいたからだ。

「へぇえっ？　アナベルぅ、どうかしたぁ？」

妙《みょう》にかん高《だか》いめそめそした声《こえ》。本人的《ほんにんてき》にはまったく似《に》てないと思《おも》うけど。

アナベルはあたしを指《ゆび》さしながら、自分《じぶん》の友《とも》だちのほうをちらっと見《み》た。

「オリヴィアってほんとバカ。わたしに本気《ほんき》で好《す》かれてると思《おも》ってるのよ。わたしたちが友《とも》だちだって思《おも》ってるんだもの」

アナベルの表情《ひょうじょう》を見《み》れば、あたしたちはもう友《とも》だちじゃないし、いままでだって友《とも》だちじゃなかったのがよくわかる。あたしたちはたぶん、うまくもいってなかったんだ。

それからアナベルは、あたしに顔《かお》をぐっと近《ちか》づけてきた。

「いいこと、プリンセス・オリヴィア・グレース・クラリッサ・ミニョネット・ハリソン、ま、ほんとにそんな名前《なまえ》なのかもあやしいもんだけど。あんたって、どれだけ自分《じぶん》のこと、エラいと思《おも》ってんの？　ほんと、イラッとする。今日《きょう》、授業《じゅぎょう》がおわったらすぐ、校庭《こうてい》のすみに立《た》ってる旗《はた》のところに来《き》なさい。身《み》のほどってものを教《おし》えてやるわ。先生《せんせい》なんかにいったら、つっかかってきたのはそっちだっていうからね。そうなったら、成績表《せいせきひょう》にバツがつくのはあんたのほうよ」

そういって、アナベルはもう一度《いちど》あたしをドンと押《お》すと——さっきほど強《つよ》くなかったけど——さっさと行《い》っちゃった。けらけら笑《わら》ってるとりまきたちを従《したが》えて、背《せ》が高《たか》くてこわい二《に》、三年生軍団《さんねんせいぐんだん》のなかへ飛《と》びこんでいく。いつも廊下《ろうか》で、あたしたち下級生《かきゅうせい》よりもずっとはばをきかせてる上級生《じょうきゅうせい》たちのなかへ。

でも、助《たす》かったー。そのころには、友《とも》だちのニシがかけつけてくれてた。

「ちょっと、何《なに》、アレ？」

ニシがたずねる。

「アナベルに、放課後《ほうかご》、身《み》のほどってものを教《おし》えてやるっていわれた。で、あたしのこと、プリンセスっていってた」

たぶんまだ、ショック状態《じょうたい》かなんかからぬけてないんだと思《おも》う。映画《えいが》のなかにいる自分《じぶん》をながめてるみたいな気分《きぶん》。

「なんでアナベルがオリヴィアのことをプリンセスなんていうわけ？　それにどうして、オリヴィアに身《み》のほどを教《おし》えなきゃいけないの？　あたし、ふたりはけっこう仲《なか》いいと思《おも》ってた」

ニシはきょとんとした。

「あたしも思《おも》ってた。ちがってたみたいだけど」

「ヘンなの。オリヴィアが調子《ちょうし》のってるとでも思《おも》ってんのかな？」

「あたしのどこが、調子《ちょうし》のってるの？」

自分《じぶん》のかっこうを見《み》てみた。ニシとまったくおなじ。学校《がっこう》では制服《せいふく》を着《き》なくちゃいけないから。それってスカートって決《き》まってるんだけど、あたしはいまいちスカートは好《す》きじゃない。しかもプリーツだし。プリーツはたいていの女子《じょし》をダサく見《み》せるって、義理《ぎり》のいとこのサラが読《よ》んでるファッション誌《し》に書《か》いてあった。

「あたし、調子《ちょうし》のってるように見《み》える？」

「うーん、いまさら？　調子《ちょうし》ならいつものってんじゃん」

生徒《せいと》たちがどんどん押《お》し寄《よ》せてきて、ベルが鳴《な》らないうちにつぎの教室《きょうしつ》に行《い》こうとしてる。あたしはニシを、ギロッとにらんだ。

「あ、そ。それはどうも」

「ほら、からだを動《うご》かすのが好《す》き派《は》って、野生動物《やせいどうぶつ》の絵《え》を描《か》くのが好《す》きみたいなタイプのことを……」

「だけどあたし、絵《え》のことで調子《ちょうし》のったりしてないもん！　ただの趣味《しゅみ》だし。絵《え》でメダルとかもらったわけじゃないし」

「うーん、まあ、ミョーだよね。先生《せんせい》にいってみたら？」

「アナベルに、そんなことしたらつっかかってきたのはあたしだって先生《せんせい》に話《はな》して、成績表《せいせきひょう》にバツがつくようにしてやるっていわれた。せっかくいまのとこ、バツをもらわずにやってきたのに」

「先生《せんせい》が、オリヴィアよりアナベルのほうを信《しん》じるとでも？」

「だって、アナベルのお父《とう》さん、弁護士《べんごし》だし。だよね？　きいたことあるよね？　アナベル、よくいってるでしょ。自分《じぶん》の気《き》に入《い》らないことが起《お》きたら、お父《とう》さんが教育委員会《きょういくいいんかい》に訴《うった》えるって」
あー、ムカつく。ニシはやれやれと首《くび》を横《よこ》に振《ふ》っていった。

「そっか。そういえば、そんなこといってんね。でもさ、なんかの誤解《ごかい》に決《き》まってるよ。ランチのとき、また相談《そうだん》しよう。じゃ、あとでね」

「うん、あとで」

そういったものの、あんまり希望《きぼう》はもてない。

それからあたしたちは、上級生軍団《じょうきゅうせいぐんだん》のなかに飛《と》びこんでいった。授業《じゅぎょう》に遅《おく》れたくないから。クランブルック中学《ちゅうがく》では遅刻《ちこく》すると、もってるマルを減《へ》らされる。マルの数《かず》が足《た》りないと、落第《らくだい》だ。

そしていま、あたしは生物《せいぶつ》の教室《きょうしつ》で、まだ考《かんが》えてる。あたし、何《なに》をしてアナベルにあんなにきらわれたんだろう？　しかも、ぼこぼこにしてやりたくなるくらいって……。

でも、いくら考《かんが》えても何《なに》も頭《あたま》に浮《う》かばない。

頭《あたま》にあるのは放課後《ほうかご》の恐怖《きょうふ》だけ。うー、殺《ころ》される……。

フランス語《ご》の授業中《じゅぎょうちゅう》

ハッキリいえるのは、あたしはいたってフツーで目立《めだ》たないタイプだってこと。アナベルに目《め》の敵《かたき》にされる理由《りゆう》なんて、ひとつもない気《き》がする。

名前《なまえ》：オリヴィア・グレース・クラリッサ・ミニヨネット・ハリソン（アナベルがなんといおうと、これが本名《ほんみょう》）

身長《しんちょう》：平均的《へいきんてき》（十二歳《じゅうにさい》にしては）

体重《たいじゅう》：平均的《へいきんてき》（身長《しんちょう》に対《たい》して、肥満度《ひまんど》をあらわすBMI《ビーエムアイ》はまったくの正常値《せいじょうち》）

髪《かみ》：ふつうの色《いろ》（茶色《ちゃいろ》）と長《なが》さ（肩《かた》くらいだけど、じゃまにならないようにたいていふたつに分《わ》けて三《み》つ編《あ》みにしてる。湿度《しつど》が高《たか》い日《ひ》とかとくに、ぶわっと広《ひろ》がっちゃうし、ここニュージャージーではよくあることだから）

肌《はだ》：平均的《へいきんてき》（つまり、ママがアフリカンアメリカンでパパ

が白人《はくじん》だから、褐色《かっしょく》）
目《め》：平均的《へいきんてき》（義理《ぎり》のいとこのサラみたいにサファイアブルーでもないし、ニシみたいに濃《こ》い茶色《ちゃいろ》でもなく、うす茶色《ちゃいろ》。ごくフツーで平均的《へいきんてき》なうす茶《ちゃ》。光《ひかり》に当《あ》たって色《いろ》が変《か》わったりもしない。本《ほん》のなかには、怒《おこ》ったりするとエメラルドグリーンの光《ひかり》を放《はな》ったりする目《め》が出《で》てくるけど、あたしの目《め》は、常《つね》にうす茶色《ちゃいろ》を保《たも》ってる）

ね？　ありきたり。

ただし、平均的《へいきんてき》じゃないものがふたつだけある。だけど、それってアナベルがぼこぼこにしたくなる理由《りゆう》にはならないはず。

ひとつ目《め》は、名前《なまえ》。オリヴィア・グレース・クラリッサ・ミニョネット・ハリソン（どういうわけか、アナベルはうそだって思《おも》ってるみたいだけど、誓《ちか》ってホント）。どうしてママがこんなにたくさんミドルネームをつける気《き》になったのかは、不明《ふめい》。しかも、ヘンテコなのばっか。

ミニョネットなんて、レストランでオイスター〈カキ〉についてくるソースの名前《なまえ》だし。

だいたいあたし、オイスターなんて好《す》きじゃないし。

しかも、義理《ぎり》のいとこのサラがセレブのゴシップサイトで追《お》っかけてる有名《ゆうめい》なプリンセスがいて、その名前《なまえ》がプリンセス・アメリア〝ミア〟・ミニョネット・グリマールディ・サモパリス・レナルドで、そのおばあちゃんの名前《なまえ》がクラリッサっていうから、なんかあたし、王族《おうぞく》のミドルネームをふたつも（クラリッサとミニョネット）もってるカンジになってて、まあたしかに、ちょっとヘンかも。

たまに、うちのママってプリンセス願望《がんぼう》が超強《ちょうつよ》かったとか？　って思《おも》うことがある。

ききたくてもきけないし。

ママはあたしが赤《あか》ちゃんのときに亡《な》くなったから。

ママの記憶《きおく》はゼロ。それって、すごく悲《かな》しい。ほんとならあたしはママのこときっと、大好《だいす》きだったはず。

ママはチャーター機《き》のパイロットだった。プライベートジェットの操縦士《そうじゅうし》だ。

でも、亡《な》くなったのは飛行中《ひこうちゅう》じゃない。メキシコで休暇中《きゅうかちゅう》に、水上《すいじょう》オートバイの衝突事故《しょうとつじこ》で。

あたしは、ふつうのジェット機《き》も水上《すいじょう》オートバイも乗《の》ったことがない。キャサリンおばさんは、どちらに乗《の》るのもプライベートジェットの操縦《そうじゅう》より危険《きけん》だっていってる。

で、あたしにはもうひとつ、平均的《へいきんてき》じゃないことがある。

ママが亡《な》くなってから、あたしはキャサリンおばさんと、おばさんと再婚《さいこん》したリックおじさんと、おじさんの子《こ》どもで義理《ぎり》のいとこのジャスティンとサラといっしょに暮《く》らしてる。

実《じつ》のパパには会《あ》ったことないけど、手紙《てがみ》やらなんやらは送《おく》ってくれてる。

あたしも返事《へんじ》を書《か》くけど、ニューヨークの郵便局《ゆうびんきょく》の私書箱《ししょばこ》宛《あ》てだ。パパはしょっちゅう仕事《しごと》で世界《せかい》じゅうを旅《たび》してるから（それでパパはかなりの高収入《こうしゅうにゅう》だ。なんでわかるかというと、毎月《まいつき》あたしの養育費《よういくひ》が振《ふ》りこまれると、キャサリンおばさんがめっちゃはしゃいでるから。おばさんとおじさんだって、デザイン住宅《じゅうたく》の建築業《けんちくぎょう》でかなり成功《せいこう》してるのに）。

そういうわけで、あたしはパパに会《あ》ったことがない。

秘書《ひしょ》さんがあたしの手紙《てがみ》を私書箱《ししょばこ》からパパに転送《てんそう》してくれてる。

パパはスーツケースひとつで世界《せかい》じゅうを転々《てんてん》としてて、たいてい、（少《すく》なくとも、パ

パから来《く》るハガキを見《み》ると）コスタリカとかアブダビとかそのあたりの国《くに》にいる。それは、「子《こ》どもを育《そだ》てる環境《かんきょう》としては不安定《ふあんてい》すぎる」そうだ。キャサリンおばさんにいわせると。

で、キャサリンおばさんとリックおじさんは、子《こ》どもを育《そだ》てるのにじゅうぶん安定《あんてい》した環境《かんきょう》を用意《ようい》してくれてるらしい。

だけどたまに、パパといっしょに暮《く》らせたらなあ、って思《おも》う。

パパの仕事《しごと》の遺跡《いせき》の発掘《はっくつ》とかをふたりでやったら、サイコーに楽《たの》しそう。学校《がっこう》もなければきれいな水《みず》も飲《の》めない場所《ばしょ》らしいけど。蚊《か》だけはやたらいるみたい。

まあ、パパの口《くち》から直接《ちょくせつ》、考古学者《こうこがくしゃ》だってきいたわけじゃないけど。

キャサリンおばさんは、あたしがパパのことをたずねるのをいやがるし。

だけど、パパがママと出会《であ》ったのは、考古学《こうこがく》をやってるからだって気《き》がする。パパの発《はっ》掘調査《くっちょうさ》の旅《たび》にママがパイロットとして同行《どうこう》したんじゃないかって。

パパがあたしと手紙《てがみ》でしか話《はなし》をしないのも、ママのせいじゃないかな。

あたしとじっさいに会《あ》ったら、失《うしな》ったすべてを思《おも》い出《だ》してつらすぎるから（ま、あたしはママみたいな美人《びじん》じゃないけど。なんたって、容姿《ようし》は平均的《へいきんてき》だし。だけどキャサリンおばさんの話《はなし》だと、あたしはママと骨格《こっかく》が似《に》てるから、大人《おとな》になったらきれいになるかもって)。

べつにかまわないんだけどね。

パパは、さみしくなったり心《こころ》が折《お》れそうになったりしたら自分《じぶん》の気持《きも》ちを日記帳《にっきちょう》に書《か》くといい、っていう(日記帳《にっきちょう》はパパが送《おく》ってくれた。ただし、必要《ひつよう》なときにもってたためしがないから、手元《てもと》にあるものに書《か》くことが多《おお》い。いまみたいに、フランス語《ご》のノートとか)。

パパの知《し》ってる長《なが》いこと日記《にっき》をつけてた人《ひと》が、いつも日記《にっき》に助《たす》けられてたんだって。

たぶん、ママのことじゃないかな。ママの名前《なまえ》(エリザベスっていうんだけど)を口《くち》にするのがつらいんだと思《おも》う。うつくしいママのことがいまでも忘《わす》れられなくて。

パパへの手紙《てがみ》には一度《いちど》も書《か》いてないけど、あたしがいちばん心《こころ》が折《お》れそうになるのは、ハッキリいって、家族《かぞく》が半分《はんぶん》いないようなものだってこと。

もちろん、そういう扱《あつか》いを受《う》けたことはないけど。

ハリー・ポッターみたいに階段下《かいだんした》の物置《ものおき》で寝《ね》させられてないし(そもそも階段下《かいだんした》に物置《ものおき》さえないんだけど)、シンデレラみたいに暖炉《だんろ》の灰《はい》を掃除《そうじ》させられてもいない(うちの暖《だん》房《ぼう》はぜんぶガスだし、おじさんがリモコンで操作《そうさ》できるように配線《はいせん》してある。ま、リモコンにはさわらせてもらえないけど)。

自分《じぶん》の部屋《へや》やらなんやらだってある。

キャサリンおばさんたちは、あたしをほとんどリックおじさんの子《こ》どもとおなじように扱《あつか》ってくれてるから、もんくをいう権利《けんり》なんかない。

ただし、ときどきさみしくなる。犬《いぬ》もネコも飼《か》わせてもらえないから(おじさんがアレルギーだし、キャサリンおばさんはデザイナー家具《かぐ》やカーペットにペットの毛《け》がつくのが許《ゆる》せない)。

あと、最近《さいきん》ちょっとヘコんだのは、キャサリンおばさんとリックおじさんの会社《かいしゃ》、オトウール・デザインが中東《ちゅうとう》のクァリフっていう国《くに》にあたらしくできる巨大《きょだい》ショッピングモールの建設《けんせつ》をうけおったから、この夏《なつ》クァリフに引《ひ》っ越《こ》す予定《よてい》ってこと。

知《し》らない土地《とち》に行《い》くのがイヤとはいいたくない。パパもやってることだし。だけど、ホントは引《ひ》っ越《こ》したくない。ニシに会《あ》えなくなるもん。

しかも、いまだって制服《せいふく》でスカートはかなきゃいけなくてうんざりなのに、キャサリンおばさんの話《はなし》だと、クァリフでは、女《おんな》の子《こ》はいつでもスカートをはいてなきゃいけないそうだ。大人《おとな》の女性《じょせい》は、頭《あたま》を布《ぬの》でおおわなきゃいけないんだって。その土地《とち》の風習《ふうしゅう》で。

あと、ちょっとだけ不公平《ふこうへい》って思《おも》うのは、おばさんとおじさんが、サラとジャスティンはもってるパソコンをあたしにはもたせてくれないこと（あたしの部屋《へや》まで届《とど》くＷｉ《ワイ》－Ｆｉ《ファイ》がこの家《いえ》にはないから）。あと、ケータイも（おばさんは、高校《こうこう》に入《はい》ったらもたせてくれるっていってるけど。ただし、ちゃんといい成績《せいせき》をとれば）。

なんかあたし、何《なに》かしらチャンスを逃《のが》してるような気《き》がする。友《とも》だちとメールとかしてないから。サラはしてる。四《よん》か月年上《げつとしうえ》なだけなのに！

でも、部屋《へや》にジャスティンとサラみたいにテレビがないのは、どうでもいい。

あたしは将来《しょうらい》、野生動物《やせいどうぶつ》のイラストレーターになりたいから、テレビの前《まえ》でぼけーっと過《す》ごす時間《じかん》はない。ジャスティンみたいにゲームしたり、サラみたいにリアリティ番組《ばんぐみ》見《み》たりしてるヒマはない。絵《え》の練習《れんしゅう》をしなきゃいけないから。

野生動物《やせいどうぶつ》のイラストレーターって、本《ほん》とかネットとか動物園《どうぶつえん》に行《い》ったときに見《み》るような動物《どうぶつ》の絵《え》をぜんぶ描《か》けなくちゃいけない。

みんな気《き》づいてないけど、赤《あか》ちゃんカンガルーって生《う》まれたときは体長《たいちょう》二《に》センチしかなくて、まったく目《め》が見《み》えなくて、毛《け》がない。お母《かあ》さんの袋《ふくろ》のなかで、はいまわるしかなくて、そこに六《ろく》〜八《はち》か月《げつ》いたあと、外《そと》に出《で》てきて跳《と》びまわる。

だれかが赤《あか》ちゃんカンガルーの絵《え》を描《か》かなきゃいけない。

ママカンガルーは、自分《じぶん》の袋《ふくろ》のなかの写真《しゃしん》なんか撮《と》らせてくれないもん！

そこで野生動物《やせいどうぶつ》のイラストレーターの登場《とうじょう》。

もちろん、あたしはまだプロの画家《がか》じゃないけど、歯医者《はいしゃ》さんの待合室《まちあいしつ》で雑誌《ざっし》の裏表紙《うらびょうし》にのってた無料《むりょう》の才能診断《さいのうしんだん》テストをして——よくある〝できるだけ上手《じょうず》にカメのティピーの絵《え》を描《か》いてください〟とかいうの——応募《おうぼ》してみた。正直《しょうじき》いって、返事《へんじ》が来《く》るとは思《おも》ってなかったけど。

だから、いちばんビックリしたのはあたしだ。

ある日《ひ》、絵画教室《かいがきょうしつ》からいきなり電話《でんわ》がかかってきて、あたしの描《か》いたカメのティピーを見《み》たところ「ほんものの才能《さいのう》がある」、なんていわれたもんだから。

奨学金《しょうがくきん》まで出《だ》してくれるって！

もちろん、あたしが十二歳《じゅうにさい》だってわかったとたん、電話《でんわ》は切《き》れたけど。

でも、それにしたって！

その日以来《ひいらい》、あたしは画家《がか》になるんだってわかった。っていうか、十二歳《じゅうにさい》で奨学金《しょうがくきん》がもらえたかもしれないなら、大人《おとな》になったらぜったいにもらえる。

美術《びじゅつ》のダコタ先生《せんせい》も、賛成《さんせい》してくれてる。とにかく練習《れんしゅう》だけはつづけなさい、って。

とくに、遠近法《えんきんほう》（物体《ぶったい》が立体的《りったいてき》に見《み》えるように描《か》く技術《ぎじゅつ》）。

ダコタ先生《せんせい》は、紙《かみ》のまんなかに〝消失点《しょうしつてん》〟という点《てん》をおいてから、すべての線《せん》がそこに集《あつ》まるようにして遠近《えんきん》をつける方法《ほうほう》を教《おし》えてくれた。めちゃくちゃムズい。

あんまりムズいから、正直《しょうじき》いうと、遠近法《えんきんほう》の練習《れんしゅう》をするかわりにずっと、カンガルーとかチーターとかとなりのタッカーさんのネコたちばっかり描《か》いてる。

一日《いちにち》にして人生《じんせい》がガラッと変《か》わっちゃうのって、スゴいことだ。

あたしは奨学金《しょうがくきん》をもらった（まあ、受《う》けとれなかったけど）。

それって、すごくステキな日《ひ》。あたしがふつうの女《おんな》の子《こ》から、いい意味《いみ》でふつうじゃない子《こ》になった日《ひ》だ。だって、あたしの絵《え》を認《みと》めてくれた人《ひと》がいたんだもん。

それに比《くら》べて今日《きょう》ときたら。サイアク。

今日《きょう》がサイアクになる予想《よそう》は、ついてもよかったのかも。生物《せいぶつ》の時間《じかん》にコートニー先生《せんせい》が、【わたしはだれ？】っていう家系図《かけいず》のプリントを配《くば》った時点《じてん》で。

だって、〝お父《とう》さんの目《め》の色《いろ》〟っていう項目《こうもく》に――または、〝お父《とう》さんのお母《かあ》さんの目《め》の色《いろ》〟ってとこもだけど――なんて書《か》けばいい？

パパに手紙《てがみ》を書《か》いてきけばいいけど、返事《へんじ》が来《く》るころには提出期限《ていしゅつきげん》がすぎてるだろうし、このプリントで成績《せいせき》の四分《よんぶん》の一《いち》が決《き》まるの！（コートニー先生《せんせい》は、項目《こうもく》によっては空白《くうはく》でもかまわないっていってたけど。ふたごのネタとクエッタも、お父《とう》さんの生物学的情報《せいぶつがくてきじょうほう》を知《し》らない）

だけどあたしは、わからないことがあるのが大《だい》キライ。

とくに、なんでアナベル・ジェンキンズがあたしをぼこぼこにしたがってるのか、みたいなこととか！

意味不明《いみふめい》。

カンペキ、意味不明《いみふめい》。

社会科《しゃかいか》の授業中《じゅぎょうちゅう》

ランチをいっしょに食《た》べてる子《こ》もだれひとり、アナベルがあたしをぼこぼこにしたがってる理由《りゆう》に心当《こころあ》たりがない。

まあ、義理《ぎり》のいとこのサラだけ、わかるっていってたけど。

でもあたしは、「ネイルが靴《くつ》の色《いろ》と合《あ》ってないからでしょ」なんて意見《いけん》には賛成《さんせい》できない。

「サラ、そんな理由《りゆう》で人《ひと》をぼこぼこにしたがる人《ひと》なんて、どこにもいないよ」

「アナベルならありえるわよ。ファッションには超《ちょう》こだわりがあるから」

サラは、しれっとダイエットソーダをすすった。

これにはだれも返事《へんじ》をしなかった。

たぶんみんな、サラが以前《いぜん》はアナベルといっしょにランチしてたことを思《おも》い出《だ》したからだと思《おも》う。それがある日《ひ》、サラが靴《くつ》と合《あ》わない色《いろ》のネイルをしてくるというミスをおかしてしまい、アナベルはめちゃくちゃ気分《きぶん》を害《がい》して、サラを人気者《にんきもの》テーブルから永久追放《えいきゅうついほう》した。

いまじゃ、サラはあたしたちといっしょにすわってる。

楽《たの》しいけどかならずしもオシャレとはいえないグループだ。

ニシがいった。

「あのさ、オリヴィア、やっぱ、先生《せんせい》に話《はな》したほうがいいよ。いままで問題起《もんだいお》こしたとかじゃないしさ。先生《せんせい》だって、アナベルよりオリヴィアを信《しん》じるんじゃないかな」

「だけど、アナベルのパパのことは？」

ベス・チャンドラーがきく。

「アナベルのパパがどうかした？」

ニシがたずねる。

「テレビのコマーシャルに出《で》てるのを見《み》たよ。超有名人《ちょうゆうめいじん》だよねー」

ふたごのひとり——ネタかクエッタのどっちかで、じつは区別《くべつ》できてない。できてるフリしてるけど——がいう。

すると、ニシがいった。

「人身事故《じんしんじこ》の訴訟《そしょう》ではね……ほら、車《くるま》の衝突事故《しょうとつじこ》とか、そういうの。学校《がっこう》を訴《うった》えるとかじゃないよ」

「あたしだったら、アナベルにはさからわないなー。アナベルは、この学校《がっこう》で実権《じっけん》をにぎってるから」

ふたごのもうひとりがいう。

「バカいわないで。実権《じっけん》なんか、だれもにぎってないよ。中一《ちゅういち》だし、ありえない」

ニシがいう。

「アナベル・ジェンキンズならありえるわ。先週末《せんしゅうまつ》だって、上級生《じょうきゅうせい》のパーティに招待《しょうたい》されてたのよ」

サラがいった。わたしにはわかる、ってカンジだ。

「それがなんだっつーの」って皮肉《ひにく》っぽくいってやりたかったけど、サラはアナベルのこととなると冗談《じょうだん》が通《つう》じないからやめといた。

ベス・チャンドラーは、おなかが痛《いた》いって仮病《けびょう》をつかって保健室《ほけんしつ》に行《い》ったら、っていう。で、おばさんに連絡《れんらく》してむかえに来《き》てもらって早退《そうたい》すれば、って。

だけど、そんなことしても先延《さきの》ばしになるだけ、っていうのが全員一致《ぜんいんいっち》の意見《いけん》。

するとふたごのひとりがいった。

「ジャスティンに話《はな》してみたら？　そうすれば、アナベルがおそってきても、守《まも》ってくれるかも」

それって、あんまりいい案《あん》とは思《おも》えない。

ジャスティンはいま、ほかの中三《ちゅうさん》の男子《だんし》たちといっしょに、窓《まど》ぎわの席《せき》にすわってる。

ゲーム機《き》で遊《あそ》んでるテーブルだ。ブッシー校長《こうちょう》が、学校《がっこう》にゲーム機《き》をもってきたのを発見《はっけん》したら没収《ぼっしゅう》のうえ、成績表《せいせきひょう》にバツをひとつつけるっていってるのに。

ま、中三《ちゅうさん》ともなると、バツがつくことなんてどうでもいいのかも。

「ジャスティン、いそがしそうだし」

あたしはいった。

「カンケーないよ。家族《かぞく》じゃん。助《たす》けるべきだよ」

ニシがいう。ニシには何度《なんど》も説明《せつめい》してるのに。

たしかにサラとジャスティンは家族《かぞく》だけど、それはふたりのお父《とう》さんがあたしのおばさんと結婚《けっこん》したからたまたまそうなってるだけだ、って。血《ち》のつながりはないんだ、って。

ふたりとも、おばさんの義理《ぎり》の子《こ》どもだから、あたしにとっては義理《ぎり》のいとこってことになる。

だからって、血《ち》のつながりがあればもっと親密《しんみつ》なはず、とはいってない。

家族《かぞく》ってのは、いろんな種類《しゅるい》の人《ひと》が集《あつ》まっていてもできあがる。そのなかに、血《ち》のつながりがない人《ひと》がたくさんいたって成《な》り立《た》つ。そもそも生物学上《せいぶつがくじょう》の〝種《しゅ》〟がちがうことだってある。近所《きんじょ》のタッカーさんなんて、飼《か》ってるネコたちのことをわが子《こ》だと思《おも》ってて、ちっちゃなニットキャップを編《あ》んであげてる。

だけど正直《しょうじき》いってたまに、オトゥール家《け》の人《ひと》たちは、あたしと血《ち》のつながりがないことに、めちゃくちゃこだわってるんじゃないかって感《かん》じる。

「やめといたほうがいいわ」

サラがぴしゃりという。ピーナツバター&《アンド》ジャムをはさんだヘルシーなライスケーキ〈お米《こめ》からつくったクラッカーのようなスナック〉を食《た》べながら（オトゥール家《け》にはひとりも、ベス・チャンドラーみたいに小麦《こむぎ》アレルギーとか、グルテン〈小麦粉《こむぎこ》などに含《ふく》まれるたんぱく質《しつ》〉NG《エヌジー》

のセリアック病《びょう》とかの人《ひと》はいない。ベスは、グルテンを摂取《せっしゅ》すると喉《のど》がつまって病院《びょういん》に行《い》かなきゃいけなくなるけど。ただ、おばさんがグルテンは太《ふと》ると信《しん》じてて、パンとかパスタとかクッキーとかを家《いえ》におかないようにしてるってだけ)。

「学校《がっこう》の初日《しょにち》にジャスティンがなんていってたか、おぼえてるでしょ」

忘《わす》れるわけがない。あのとき、ジャスティンにきっぱりいいわたされた。おなじ学校《がっこう》に通《かよ》うようになったからといって話《はな》しかけるな、って。教室《きょうしつ》の場所《ばしょ》をきくのもダメだって。あと、ジャスティンが家《いえ》で何《なに》してるかをだれにも話《はな》すなって口止《くちど》めされた。家《いえ》にあるカラオケでテイラー・スウィフトを歌《うた》うのが好《す》きとか、ジェノヴィアのプリンセス・ミアをモデルにした映画《えいが》を二本《にほん》見《み》て二本《にほん》ともラストで大泣《おおな》きしたとか。

「ちょっと、サラ、イジワルいわないで。ジャスティンなら助《たす》けてくれるわよ。すっごくやさしいんだから!」

ベス・チャンドラーがいう。

ううう……そんなこといえるのは、ひとつ屋根《やね》の下《した》で暮《く》らしてないから。

女子《じょし》のなかには、ジャスティンをカッコいいと思《おも》ってる子《こ》がいる。でもそれって、すごく単純《たんじゅん》な理由《りゆう》だ。

1．いっしょに暮《く》らさなくてもいいから、あの超《ちょう》キモくてくさい靴下《くつした》のにおいをかがなくてもすむ

2．クランブルック中学《ちゅうがく》は男子《だんし》より女子《じょし》の数《かず》のほうが多《おお》いから、男子《だんし》ならだれでも、あのジャスティンでさえ、カッコいいってカンジになっちゃう女子《じょし》がいる

「あ、えっと、だいじょうぶだってば」

あたしはいった。

「ううん、だいじょうぶじゃないわよ！　オリヴィア、話《はな》してみなさいよ」

ベスがいう。

「そうだよ。オリヴィア、話《はな》したほうがいいって」

ニシもいう。

「オリヴィア、やめときなさいよ」

サラがぴしゃりという。

「でも、緊急事態《きんきゅうじたい》だよ」

ふたごのひとりがサラに反論《はんろん》する。

だけどサラは、だまって首《くび》を横《よこ》に振《ふ》って、ダイエットソーダをすするだけ。

「あとで後悔《こうかい》するわよ」

サラがいう。だけど、ニシとベスとふたごは、ジャスティンに話《はな》せといってゆずらない。

サラのいうとおりにしてればよかったと思《おも》う。

でも、あのときはどうしようもなかった。だれも、それ以上《いじょう》のアイデアを思《おも》いつかなかったし。いちばんダメダメだったのは、あたし。

だから勇気《ゆうき》をふるいおこして、ジャスティンがすわってるテーブルに近《ちか》づいていった。

ジャスティンは手《て》にゲーム機《き》をもってた。ほかの男子《だんし》たちはみんな、ジャスティンのまわりに集《あつ》まって、小《ちい》さいスクリーンをながめてる。みんな、「行《い》け、行《い》けーっ！」とか、「いまだ、やっちまえ」とかいってる。話《はな》しかけて中断《ちゅうだん》させるのにベストなタイミングとはいえないけど、ふたごがいうように、緊急事態《きんきゅうじたい》だし。

「あ、あのね、ジャスティン」

あたしは口《くち》をひらいた。

中三《ちゅうさん》の男子《だんし》たちがいっせいにこっちを見《み》る。ジャスティン以外、全員。ジャスティンは、ゲームをつづけてる。

「失《う》せろ、オリヴィア」

ジャスティンがいった。

「じゃまして悪《わる》いとは思《おも》うけど」

あたしはいった。

ジャスティンの友《とも》だちはもう、こっちを見《み》ちゃいない。あたしなんか注目《ちゅうもく》に値《あたい》しないって判断《はんだん》したらしい。ま、かまわないけど。あたしが注意《ちゅうい》をひきたいのは、ひとりだけだし。

「だけどね、えっと、できれば話《はなし》をきいてもらえないかな?」

「いったはずだ。失《う》せろ」

ジャスティンは、ゲーム機《き》から顔《かお》をあげようともしない。

「わかってるけど、緊急事態《きんきゅうじたい》なんだ。あのね、ほら、アナベル・ジェンキンズって子《こ》、いるでしょ？　アナベルのお父《とう》さんって、ジャスティンのお父《とう》さんのビジネスパートナーしてるよね？」

「弁護士《べんごし》」

ジャスティンは、こっちを見《み》もしない。

「あ、ごめん、そうだった。ジャスティンのお父《とう》さんの弁護士《べんごし》。で、そのアナベルが、放《ほう》課後《かご》あたしをぼこぼこにしてやるっていうんだけど、理由《りゆう》に心当《こころあ》たりがないんだよね。だから、思《おも》ったんだけど、もしアナベルが本気《ほんき》だったら、できれば、えっと、助《たす》けてくれる？」

ジャスティンがゲームで何《なに》かしくじったらしく、テーブルにいる男子《だんし》が全員《ぜんいん》「あーっ！」と声《こえ》をあげて、二《に》、三人《さんにん》がジャスティンをののしった。

すると、ジャスティンはくるっとこっちをむいて、あたしをギロッとにらみつけた。

「とっとと失《う》せなかったら、ぼこぼこにされるのはアナベルからだけじゃすまなくなるぞ、オリヴィア・グレース！」

ただし、ジャスティンも気《き》づいてなかった。ブッシー校長《こうちょう》がそばに立《た》ってたことに。

学食《がくしょく》の見回《みまわ》りをしていたブッシー校長《こうちょう》は、ジャスティンがあたしをどなりつけるのを、ばっちりきいてた。校長《こうちょう》は、学食《がくしょく》で大声《おおごえ》を出《だ》すのをよく思《おも》ってないから（廊下《ろうか》もダメ。ジャスティンは友《とも》だちといっしょにしょっちゅう、あたしとかニシみたいな中一《ちゅういち》を理由《りゆう》もなくからかうけど）、すぐに近《ちか》づいてきた。

「なんだね？　何《なに》ごとだ？　仲《なか》よくできないのなら、ふたりともにバツをつけなければいけなくなる。それでいいんだな？」

うそ。ありえない。バツなんて！　せっかくいままで、もらわずにやってきたのに！

ジャスティンは真《ま》っ赤《か》になっていった。

「いいえ、ブッシー校長《こうちょう》。よくないです」

「けっこう。オリヴィアは？　バツをもらいたいのか？」

「いいえ、もらいたくありません、校長先生《こうちょうせんせい》」

あたしは答《こた》えた。心臓《しんぞう》ばくばくだ。アナベルの姿《すがた》は見《み》えないけど、ぜったいどこかで見《み》てるはず。

「よろしい！　では、席《せき》にもどりなさい！」

ブッシー校長《こうちょう》はそういってむこうに行《い》った。ピザの食《た》べ残《のこ》しを、生《なま》ごみ処理機《しょりき》じゃなくてリサイクルごみ箱《ばこ》につっこんでる生徒《せいと》をどなりつけるためだ。

あたしはあわててもとの席《せき》にもどった。もう、泣《な》きそう。

「ひぇーっ。ブッシー校長《こうちょう》にバツつけられた？」

ニシが声《こえ》をあげる。

「わかんない。たぶんだいじょうぶだと思《おも》うけど。でも、つけられるとこだった！」

あたしは、両手《りょうて》に顔《かお》をうずめた。ふたごがあたしの背中《せなか》をとんとんしながら、なぐさめてくれた。ベスは小声《こごえ》で校長《こうちょう》の悪口《わるくち》をいった。サラは、「だからいったでしょ」といっただけだった。ずっと、すました顔《かお》をしてる。

ジャスティンやサラみたいなのはイヤだけど、きょうだいがいたらいいのにって思《おも》う。いたら、緊急事態《きんきゅうじたい》には味方《みかた》してくれたはず。いまみたいに、運命《うんめい》の放課後《ほうかご》、午後三時《ごごさんじ》が刻々《こっこく》と近《ちか》づいてるときとか。

中学《ちゅうがく》に入《はい》って最初《さいしょ》の年《とし》に、なんでこんな目《め》にあわなきゃいけないの？　最後《さいご》の年《とし》になるかも。

リムジンのなか

うん。そうなの。まちがいじゃない。あたし、いま、リムジンのなかでこの日記《にっき》を書《か》いてる。

一時間《いちじかん》もしないうちに、どんなにたくさんのことが起《お》きるかといったら。

人生《じんせい》サイアクの日《ひ》かと思《おも》ったら、いきなりサイコーの日《ひ》にだってなる（まあ、二番目《にばんめ》かも。絵画教室《かいがきょうしつ》の奨学金《しょうがくきん》をもらえるっていわれた日《ひ》がサイコーだから）。

ぜんぶ、書《か》いて残《のこ》しておかなくちゃ。でないと、なんか、ぜんぶ夢《ゆめ》だったなんてことになっちゃいそうだから。

もしかしたら病院《びょういん》のベッドで目《め》を覚《さ》まして、看護師《かんごし》さんから、あなたは体育《たいいく》のときに脳《のう》しんとうを起《お》こしたのよ、っていわれて（ま、うちの学校《がっこう》の体育《たいいく》ではもう、からだの接触《せっしょく》があるスポーツはしないんだけど。学校《がっこう》が訴《うった》えられるといけないから）、ぜんぶ夢《ゆめ》だったなんてことになるかも。

でもね、いまあたしがすわってるつやつやのレザーのシートの感触《かんしょく》は、どう考《かんが》えてもほんもの。

あと、となりにすわってるジェノヴィアのプリンセスの香水《こうすい》のにおいも。

やっぱ、ぜんぶほんもの。

だけど、パパのいうとおりかも。書《か》きとめておくことで、頭《あたま》が整理《せいり》できる。時間割表《じかんわりひょう》をバインダーの内側《うちがわ》に貼《は》っておくと安心《あんしん》するのとおなじカンジかも……ただし、これは時間割《じかんわり》じゃなくて、あたしの人生《じんせい》！　それに、バインダーにテープでとめておくこともできない。だって、人生《じんせい》を整理《せいり》するバインダーなんてないもん。

ひとつだけ、たしかなことがある。

生物《せいぶつ》のプリントの【わたしはだれ？】の空欄《くうらん》がぜんぶ、埋《う》まりつつある。

さて、深呼吸《しんこきゅう》……。

で、終業《しゅうぎょう》ベルが鳴《な》って、家《いえ》に帰《かえ》ってもいいと知《し》らされるころには（なかには、アナベル・ジェンキンズにぼこぼこにされる時間《じかん》ですよ、と知《し》らされる人《ひと》もいるけど）、あたしの心《しん》臓《ぞう》はとんでもなくばくばくしてた。ママカンガルーの袋《ふくろ》のなかでジタバタする赤《あか》ちゃんカンガルーみたいに。ただし、そんなかわいいもんじゃないけど。

あたしはバックパックに、この先数日《さきすうじつ》ぶんの宿題《しゅくだい》をやるのに必要《ひつよう》そうな教科書《きょうかしょ》をぜんぶつめこんで（入院《にゅういん》することになるかもしれないから）、校庭《こうてい》にむかった。生徒《せいと》たちは、校庭《こうてい》でそれぞれのバスを待《ま》つことになってる。

あたしたちが乗《の》るバスを待《ま》つ列《れつ》に、もう数人《すうにん》が並《なら》んでる。そのなかに、サラとジャスティンもいた。

ジャスティンは、なんだか知《し》らないけどゲームにまた夢中《むちゅう》になってる。

サラは、あたしに気《き》づいてないフリをしてる。

だけど、ニシとベス・チャンドラーとふたごは、近《ちか》くに立《た》って、旗《はた》のほうを見《み》つめてる。

そっちのほうに目《め》をむけて、理由《りゆう》を理解《りかい》した。

アナベル、もう来《き》てる！　あたしを待《ま》ってるんだ。いってたとおりに。

心《こころ》の底《そこ》ではなんとなく、アナベルがけろっと忘《わす》れちゃってるのを期待《きたい》してた。

アナベルみたいな女子《じょし》って、オシャレとか賞《しょう》をとるとかでめちゃくちゃいそがしくて、やることがたくさんあるから、放課後《ほうかご》にぼこぼこにしてやるって約束《やくそく》した相手《あいて》のことなんて忘《わす》れちゃうかも、って。

だけど、ちがったらしい。

アナベルは、あたしをギロギロにらみつけてる。

そうとうキレてるみたいで、だれでもいいからぼこぼこにしてやりたい、みたいな勢《いきお》いだ。たとえ相手《あいて》が中三《ちゅうさん》とかでも。もしアナベルがレンジでチンのピザだったら（この手《て》のジャンクフードは、ニシの家《いえ》に行《い》ったときしか食《た》べられない。グルテンフリー〈グルテンが入《はい》っていない食品《しょくひん》〉じゃないから）、アナベルから湯気《ゆげ》が立《た》ちのぼってるのが見《み》えるはず。

それくらい、キレてた。あたしに対《たい》して。

アナベルをこんなにキレさせることなんか、何《なに》ひとつしても、いってもいない、このあたしに対《たい》して！

アナベルはあたしを見《み》るなり、ずんずん近《ちか》づいてきた。

赤《あか》ちゃんカンガルーみたいにぴょんぴょんはねてたあたしの心臓《しんぞう》は最後《さいご》に一回《いっかい》、バクンッと鳴《な》って、それっきりとまっちゃったみたい。

「ねえ、あたしたち、話《はな》し合《あ》えないかな？　アナベルをそんなに怒《おこ》らせるようなこと、したおぼえはないんだけど、でも……」

あたしは、最後《さいご》の望《のぞ》みをかけていった。

「アナベル、やっちまえ！　やっつけちまえ！」

ジャスティンが立《た》ってるあたりから、叫《さけ》び声《ごえ》がする。

「そうだ、アナベル！　さっさとやっちまえ！」

あたしは、ジャスティンのほうを見《み》た。

真《ま》っ赤《か》な顔《かお》でゲーム機《き》をのぞきこんで、何《なに》が起《お》きてるのか気《き》づいてないフリをしてる。

だけど、気《き》づいてる。あたしにはわかる。

だって、ジャスティンのとなりにいる男子《だんし》たちがあたしにむかってニヤニヤしてるから。

あの子《こ》たちは、あたしの身《み》に何《なに》が起《お》きてるか知《し》ってて、おもしろがってる。

おもしろくないのに。

だってそのせいで、アナベルはよけい、おどしを実行《じっこう》する決意《けつい》をかためてる。

「はあ？　本気《ほんき》でいってるの？　本気《ほんき》で、何《なに》がどうなってるのか知《し》らないっていってるの？」

アナベルは近《ちか》づいてくると、めちゃくちゃ〝上《うえ》から〟な声《こえ》でいった。

「あ、うん、知《し》らない」

あたしは、時間《じかん》かせぎにいった。

まわりじゅうに、先生《せんせい》たちが立《た》ってるし（ダコタ先生《せんせい》は、水曜日《すいようび》は早帰《はやがえ》りだからいないけど）、子《こ》どもをむかえに来《き》た親《おや》たちもいる。

だけどみんな、何《なに》が起《お》きてるか気《き》づいてない。

きっと、アナベルとあたしはただ旗《はた》の近《ちか》くに立《た》って楽《たの》しくおしゃべりしてるみたいに見《み》えてるんだろう。たとえば、よくわかんないけど、ネイルのこととか、そういうおしゃべり。

大人《おとな》ってほんとうに、女子《じょし》はけんかしても相手《あいて》に手《て》を出《だ》したりしないって思《おも》ってるのかな？ ネットでそういう動画《どうが》をさんざん見《み》てれば、いいかげんわかってもよさそうなものなのに。

たぶんみんな、思《おも》ってる。うちの子《こ》にかぎって！ うちの学校《がっこう》にかぎって、って。

どうやら、だれひとり、アナベルみたいなコには会《あ》ったことないらしい。

「アナベル、なんのことか、ほんとうにわかんないよ。あたしたち、ずっと友《とも》だちだったよね。少《すく》なくとも、あたしはそう思《おも》ってた」

「あ、そ。とんだかんちがいね」

アナベルは、ニヤニヤして見守《みまも》ってる友《とも》だちみんなにきこえるように（でももちろん、先生《せんせい》や親《おや》たちにはきこえないように）いった。

「わたし、うそつきなんかと友《とも》だちにはならないもの」

「へっ？　アナベル、あたし、うそなんかついてないし……」

何《なに》をいいだすかと思《おも》えば。

「あーら、そうなの？　へーえ。じゃあ、先週《せんしゅう》、ネタとクエッタのところでお泊《と》まりパーティしたときにきいたのは、うそじゃなかったのかしら？　あんたのお父《とう》さんが、インディ・ジョーンズみたいな有名《ゆうめい》な考古学者《こうこがくしゃ》だって話《はなし》よ」

げっ。顔《かお》が赤《あか》くなるのがわかる。一般的《いっぱんてき》にどう思《おも》われてるかは知《し》らないけど、肌《はだ》が黒《くろ》い人《ひと》も赤《あか》くなるし、日焼《ひや》けだってする（日焼《ひや》け止《ど》めを塗《ぬ》らなかったら皮膚《ひふ》がんになる可能性《かのうせい》もある）。ただ、もともと肌《はだ》の色《いろ》が濃《こ》いから目立《めだ》たないってだけ。

「あ、うん、まあ、あれはたしかにちょっとだけ盛《も》って話《はな》しちゃったけど……」

「あのさ、アナベル、オリヴィアは、インディ・ジョーンズそっくりとはいってないよ」

ニシが、サポートのために来《き》てくれた。すると、アナベルはあざ笑《わら》った。

「あら、だって、ちがうもの。オリヴィアのお父《とう》さんは、インディ・ジョーンズとは似《に》ても似《に》つかないわ。うちのパパがオリヴィアのおじさんと話《はな》してるの、きいたんだもの。ほんとうはね、オリヴィアのお父《とう》さんって、プリンスなのよ。正確《せいかく》にいうと、ジェノヴィアのプリンス！」

あたしだけじゃなく、きいてたみんなが、アナベルがわけわかんないバカなことを口走《くちばし》ってる、と思《おも》った。まわりのみんなが、げらげら笑《わら》いだしたくらいだし。

「おいおい、アナベル」

男子《だんし》のひとりがいう声《こえ》がする。

なかには、けんかがはじまってないのがつまんなくて、大声《おおごえ》を出《だ》す男子《だんし》もいる。

「ぶちのめしてやれ、アナベル！」

っていうか、アナベルがいってることなんてほんとのわけないし、あたしをぶちのめす理由《りゆう》なんてひとつもない。

だけどやっぱり、ハッキリちがうっていっとかなきゃって気《き》がする。

あとはもちろん、ぶちのめされないようにしなくちゃ。

「アナベル、どうかしてるよ」

「うちのパパがどうかしてるっていうの？」

アナベルはつめよってきて、あたしの肩《かた》をドンとひと突《つ》きした。午前中《ごぜんちゅう》、廊下《ろうか》でしたみたいに。

今回《こんかい》はなんとかバランスを保《たも》てた。

「まさか。そんなこといってないよ。あたしはただ、アナベルのお父《とう》さんは誤解《ごかい》してるっていってるだけ。もしうちのパパがジェノヴィアのプリンスなら、だれかしらが教《おし》えてくれてるはずだし」

あたしは、義理《ぎり》のいとこたちをちらっと見《み》た。

ジャスティンの顔《かお》には、ハッキリ書《か》いてある。

「コイツのおやじが？　プリンス？　ウケるぜ！」

で、サラはひたすら、ぽっかーん。

「ね？」

あたしはアナベルにいった。

アナベルが、あきれたというふうに目玉《めだま》をぐるんとさせる。

「バッカじゃないの。この子《こ》たちがあんたにいうわけ、ないでしょ？　あんたのお母《かあ》さんが、だれにも知《し》らせないでほしいっていったんだから。本人《ほんにん》にもね。あんたが誘拐《ゆうかい》されるとかなんとか、ふざけたことになるのがこわかったんでしょ。しかも、あんたをふつうに育《そだ》てたかったんだって。あんたがフツーになれるとでも思《おも》ってたのかしらねー」

アナベルは、またしてもバカにして笑《わら》うと、またしてもあたしをドンと押《お》した。

だけど今回《こんかい》は、痛《いた》さはほとんど感《かん》じなかった。

だってふいに、そーゆーことだったのか、ってわかってきちゃったから。

たとえば、キャサリンおばさんがどうしてパパの話《はなし》をしたがらないのか、とか。

あと、どうしてあたしはほかの子《こ》たちみたいに、週末《しゅうまつ》とか夏休《なつやす》みとかにパパのところに遊《あそ》びに行《い》ったりできなかったのか、とか。

あと、パパがあたしのために（考古学者《こうこがくしゃ》にしては）超高額《ちょうこうがく》な養育費《よういくひ》を送《おく》ってくれてるのに、おばさんもおじさんもあたしにケータイやパソコンをぜったいにもたせてくれない理《り》由《ゆう》とか。

だって、あたしがネットにアクセスできるようになったら、パパに関《かん》することを調《しら》べちゃってたかもしれないから。そうなったら……。

「え、ちょっと待《ま》って。そんなこと、ありえっこないよ。パパがジェノヴィアのプリンスなんてこと、ありえない。だって、そしたら、あたしは……」

「プリンセス？」

アナベルがせせら笑《わら》う。校庭《こうてい》にいる全員《ぜんいん》が、息《いき》をのんだ。

「ちがう！　ありえない！」

あたしは、思《おも》わずあとずさった。

「あら、でも、そうなのよ、プリンセス・オリヴィア。わたしたち、ひざを曲《ま》げておじぎをしなきゃいけないのかしら？　あーら、殿下《でんか》、ティアラはどうなさったの？　あ、お城《しろ》に忘《わす》れてきちゃった？」

「ちがう！　ちがうってば！」

こんなことになるなんて、信《しん》じられない。

「あーら、どうなさったの、殿下《でんか》？　プリンセスが泣《な》くなんてこと、まさかないわよねえ？」

「ちがう！」

でも正直《しょうじき》、ちょっとだけ泣《な》きそうだった。だって、ほんとうなのがわかったから。ぜんぶ、ほんとうだ。うん、ぜったいそう。ヘンすぎるけど、つじつまが合《あ》う。

ニシがまた助《たす》けにきてくれて、助《たす》かった。

「アナベル、やめなよ。オリヴィアはプリンセスなんかじゃないから！」

「あら、プリンセスなのよ。だけど、カンケーないわね。だってわたし、どっちにしてもぶちのめしてあげるつもりだから！」

そして、アナベルはいきなり突進《とっしん》してきた。まわりにいたみんなが――もちろん、あたしの友《とも》だち以外《いがい》だけど――いっせいに叫《さけ》びだす。

「やれ！　やれ！　やっちまえ！」

ああ、あたし、もうおしまい。

映画《えいが》やテレビでは、人《ひと》がけんかしてるのを見《み》たことがある。俳優《はいゆう》とかスタントマンとかがやってるのを見《み》てるぶんには、なんてことないように感《かん》じる。

だけど、生身《なまみ》の人間《にんげん》で、俳優《はいゆう》とかじゃなくて学校《がっこう》でいちばん人気《にんき》の女子《じょし》で（意味不明《いみふめい》だけど。アナベルって超《ちょう》イジワルなのに）、しかも体操《たいそう》を習《なら》ってる子《こ》が飛《と》びかかってきて、三《み》つ編《あ》みをつかんで、思《おも》いっきりグイグイ引《ひ》っぱってきたりすると、反撃《はんげき》するのはそうカンタンじゃない。

もはや勝《か》ち目《め》はないとあきらめそうになったとき、女《おんな》の人《ひと》の声《こえ》がひびきわたった。ベルみたいにハッキリと、校庭《こうてい》のむこうから。

「オリヴィア？　オリヴィア・グレース・ハリソン！」

ギクッとして、あたしは声《こえ》のするほうをむいた。まあ、アナベルに三《み》つ編《あ》みをガシッとつかまれてる状態《じょうたい》で可能《かのう》なぶんだけ。

すると、いままで生《い》きてきていちばんビックリな人《ひと》がいた。

ジェノヴィアのプリンセス・ミア・サモパリス。

まだ王室《おうしつ》リムジンのなか

ちょっと中断《ちゅうだん》。

なんか、プリンセスだったりすると、リムジンのミニバーから飲《の》みたいソーダをいくらでも飲《の》めるみたい。

タダで！

あと、ポテトチップスとクッキーも。

え、そこ？ こんなときに？ って思《おも》われるのはわかってる。

だけど、すっごくうれしいんだもん！

この手《て》のものを食《た》べさせてもらえるのはあたしが、キャサリンおばさんから砂糖《さとう》が入《はい》ったソーダもポテトチップスもクッキーも禁止《きんし》されてたって、プリンセス・ミアに話《はなし》をしたから。

かわいそうだと思《おも》われてないといいけど。それって、サイアク。人《ひと》から同情《どうじょう》されるのって、大《だい》きらい（家族《かぞく》がいないようなもんだからとか、いろいろな理由《りゆう》で）。

えっと、どこまで書《か》いたっけ？　あ、そうそう、校庭《こうてい》にいたときのこと。

プリンセス・ミアだ、ってすぐにわかった。

プリンセス・ミアがどんなふうかは、だれだって知《し》ってる。

モデルにした映画《えいが》も二本《にほん》あるし、日記《にっき》をもとにした本《ほん》も出《で》てるし、つい最近《さいきん》だって『ピープル』誌《し》の表紙《ひょうし》になってたし、『US《ユーエス》ウィークリー』の「スターの素顔《すがお》」っていうコーナーにトイレットペーパーを買《か》ってる写真《しゃしん》がのってた（プリンセスがトイレに行《い》くなんて想像《そうぞう》できないけど）。

しかもプリンセス・ミアは、小《ちい》さい旗《はた》がついた巨大《きょだい》な黒《くろ》のストレッチリムジンのまん前《まえ》に立《た》ってたし、となりにはリムジンに負《ま》けずに巨大《きょだい》な男《おとこ》の人《ひと》がいた（この人《ひと》は黒《くろ》のスーツを着《き》て黒《くろ》のサングラスをして、アナベルのほうをギロギロにらみつけてた）。

どう見《み》ても、プリンセス・ミアのボディガード。

「オリヴィア？」

プリンセス・ミアは、気《き》づいてないあたしの注意《ちゅうい》をひこうとするみたいに手《て》を振《ふ》った。

だけど、あたしはしっかり気《き》づいてた。気《き》づかないほうがムリ。クリーム色《いろ》のジャケットを着《き》て、赤《あか》いロングスカーフをなびかせて、それに合《あ》う赤《あか》いハイヒールをはいて立《た》ってるんだから、めちゃくちゃ目立《めだ》つ。

アナベルも、気《き》づいてた。あたしの三《み》つ編《あ》みをつかんでる手《て》がかたまった。

校庭《こうてい》にいるほかの子《こ》も全員《ぜんいん》、かたまった。大人《おとな》たちも。駐車場《ちゅうしゃじょう》の係《かかり》のファインスタインさんなんか、ついさっきまでバスにむかって笛《ふえ》をピーッて吹《ふ》いてたのに。

みんな、だまって突《つ》っ立《た》って、かたまったまま、プリンセス・ミアの赤《あか》いスカーフが春《はる》の風《かぜ》になびくのをじっと見《み》つめてる。

「あ、えっと……なんか、あっちにいるリムジンの前《まえ》に立《た》ってる女《おんな》の人《ひと》が、あたしに話《はなし》があるみたい」

あたしはとつぜんの沈黙《ちんもく》をやぶって、アナベルにいった。

アナベルが息《いき》をのむ音《おと》がきこえる。ハッキリと。

ただの妄想《もうそう》かもしれないけど、アナベルはちょっとおびえてるみたいに見《み》えた。とくに、にらみをきかせてるボディガードがこわいみたい。

義理《ぎり》のいとこのジャスティンと友《とも》だちもみんな、ボディガードのほうを見《み》つめてる。だれもう、やれやれーっなんて叫《さけ》んでない。さっきとはうって変《か》わって、校庭《こうてい》はしーんとしてた。バスのエンジンまでとまってる。

「わかったわ」

アナベルは小声《こごえ》でいって、あたしの三《み》つ編《あ》みから手《て》をはなした。

プリンセス・ミアがこっちに近《ちか》づいてきたとき、あたしは制服《せいふく》についたほこりを払《はら》った。殺《ころ》されそうになったときに汚《よご》れちゃってたから。

「はい、そうです。あたしです。あたしがオリヴィアです」

「まあ」

プリンセス・ミアは、あたしにむかってにっこりした。

近《ちか》くで見《み》ると、なんかテレビで見《み》るよりホンモノっぽい。ヘンなのはわかってるけど、そんなカンジなんだもん。テレビに出《で》てる人《ひと》を、画面《がめん》のふちどりなしで見《み》てるみたいなカンジ。すごくきれいで、やさしそう。

なにしろ、アナベル・ジェンキンズに殺《ころ》されそうになってるのを救《すく》いにきてくれた天使《てんし》みたいなもんだから。

「はじめまして。わたし、ミア・サモパリス。おばさまのキャサリンさんから、今日《きょう》はあなたを学校《がっこう》にむかえに行《い》ってもいいという許可《きょか》をいただいたの」

なんていったらいいか、わかんない。

なんでおばさんが、ジェノヴィアのプリンセスにおむかえをたのむの？

そんなのって、意味不明《いみふめい》。まあ、あたしにとっては好都合《こうつごう》だけど。

声《こえ》に出《だ》さない疑問《ぎもん》に答《こた》えるみたいに、プリンセス・ミアは紙《かみ》をさしだしながらいった。

「そうそう、おばさまから手紙《てがみ》をあずかってるの」

みんなの視線《しせん》をびんびんに感《かん》じながら、あたしはおばさんからの手紙《てがみ》を広《ひろ》げた。

なかには、ケータイのカメラであたしの写真《しゃしん》を撮《と》ってる子《こ》もいる。

あたし、いままで人《ひと》に盗撮《とうさつ》なんかされたことない。あるのは、サラがこっそりあたしの部屋《へや》にしのびこんできて、口《くち》をあけて爆睡《ばくすい》してるマヌケ顔《がお》を撮《と》ろうとしたときくらい（サラにしたら残念《ざんねん》だろうけど、口《くち》はあいてなかった）。

カメラをむけられてるせいで、落《お》ち着《つ》かない。あたし、人《ひと》に写真《しゃしん》を撮《と》られるような女《おんな》の子《こ》じゃないし。

おばさんのサイン入《い》りの手紙《てがみ》は、ジェノヴィア王室《おうしつ》のびんせんをつかってて、てっぺんに金《きん》の王冠《おうかん》がエンボス〈浮《う》き彫《ぼ》り〉されてた。

書《か》いてあることはむずかしくてほとんど理解《りかい》できなかったけど、要《よう》するに、プリンセス・アメリア〝ミア〟・ミニョネット・グリマールディ・サモパリス・レナルドに、あたしを好《す》きなところどこにでも連《つ》れていく許可《きょか》を与《あた》える、ってことだ。

へ？　あたしの好《す》きなところどこにでも？

いままで、好《す》きなところに連《つ》れていってもらったことなんて、一度《いちど》もない！

もしそんなチャンスがあったら、ずっと行《い》きたいと思《おも》ってるのは、チーズケーキファクトリー。

オトゥール家《け》はチーズケーキファクトリーには行《い》かない。オリーブガーデンみたいに、グルテンフリーのメニューがたくさんあるお店《みせ》が好《す》きだから。

あたしはていねいに手紙《てがみ》を折《お》りたたんで、バックパックにしまった。なくさないように。こういう手紙《てがみ》は永遠《えいえん》にとっておきたいから。パパからの手紙《てがみ》みたいに。

「オリヴィア、いっしょに来《く》るでしょう？」

プリンセス・ミアがたずねた。

「ありがとうございます。いっしょに行《い》きたいです」

あたしは、できるだけお行儀《ぎょうぎ》よく答《こた》えた。だって、みんながきいてるから。

「よかった。さ、行《い》きましょう」

プリンセス・ミアはにっこりした。

いい気味《きみ》なんて思《おも》うのはよくないけど、あたしを待《ま》ってるリムジンのほうに歩《ある》いていくのは、めちゃくちゃ気分《きぶん》がよかった。

アナベルは家《いえ》に帰《かえ》るのにバスを待《ま》たなきゃいけないのに。なんたってついさっき、あたしをぼこぼこにしようとした相手《あいて》だから。あたしのことをプリンセスだと思《おも》ったってだけの理由《りゆう》で（ま、どうやらホントだったんだけど）。

さらに気分《きぶん》がよくなったのは、アナベルが追《お》いかけてきたとき。

アナベルってば、「あのー、すみませんけど、あなたがオリヴィアのお姉《ねえ》さんっていうのはほんとうですか？」なんて、きどった声《こえ》でプリンセス・ミアにいっちゃって。

ん？　お姉《ねえ》さん？

この一連《いちれん》のできごとのなかで、いちばんうれしいポイントかも。

プリンセス・ミアはアナベルを見《み》つめて、「どちらさま?」とかいってた。

これにはアナベルは大《だい》ショックだった。

だってアナベルは、自分《じぶん》を知《し》らない人《ひと》なんかいないと思《おも》ってたから。体操《たいそう》でメダルとかたくさんとってるし。

だけどじっさいは、クランブルック中学《ちゅうがく》の一歩外《いっぽそと》に出《で》たら(もしかしたら、クランブルック中学《ちゅうがく》の一年生以外《いちねんせいいがい》かも)、だれもアナベル・ジェンキンズのことなんか知《し》らないんじゃないかな。

かわいそうなアナベル。サイアクの一日《いちにち》だと思《おも》ってたのは、あたしだったのに。

アナベルが、あせって早口《はやくち》になる。

「わ、わ、わたし……アナベル・ジェンキンズです! 父《ちち》はビル・ジェンキンズで、オリヴィアの義理《ぎり》のおじさんの弁護士《べんごし》をしてます。ニュージャージーのクランブルックじゅうの人身事故《じんしんじこ》の訴訟《そしょう》で最高《さいこう》ランクの弁護士《べんごし》です。父《ちち》がいうには……」

プリンセス・ミアが、シルクみたいななめらかな声《こえ》でいう。

「あのね、アナベル、悪《わる》いんだけど、これは家族《かぞく》だけの問題《もんだい》なの。今日《きょう》はおしゃべりをしている時間《じかん》はなさそうだわ。では、ごきげんよう」

家族《かぞく》だけの問題《もんだい》！

ズバリ何《なに》かをいったわけじゃないけど、プリンセス・ミアのこの発言《はつげん》で、アナベルがさつき旗《はた》のところでいってたことがぜんぶ、ほんとうだってことがハッキリした。

あたし、プリンセスなんだ！　で、プリンセス・ミアは、あたしのお姉《ねえ》ちゃん！

そのときのアナベルの顔《かお》をスケッチできてれば、ニコちゃんマークの目《め》のなかを白《しろ》くして、口《くち》をO《オー》にしたみたいになってたはず。こんなカンジ。

O O
O

そして、プリンセス・ミアがとったちょっとした行動《こうどう》のせいで——つまり、あたしの手《て》をにぎったんだけど——ふいにみんながバカみたいに大騒《おおさわ》ぎをはじめた。こっちに押《お》し寄《よ》せてきて、大声《おおごえ》でわめいてる。

「オリヴィア、オリヴィア、いっしょに自撮《じど》りしていい？」

この学校《がっこう》に通《かよ》いはじめてからというもの、いっしょに自撮《じど》りしたいなんてたのまれたこと、一回《いっかい》もない。

まあ、ニシだけは、自分《じぶん》のソーシャルメディア〈フェイスブックやツイッターなど〉のページにしょっちゅうあたしとの自撮《じど》りを投稿《とうこう》してるけど。

でももちろん、あたしは見《み》られない。おばさんが、ケータイもパソコンももたせてくれないから。

やっと理由《りゆう》がわかったけど。

だけどそのとき、プリンセス・ミアのボディガード（ラーズっていう名前《なまえ》だって）がいった。「ノー」って、超《ちょう》こわい声《こえ》で、みんなにむかって。

ブッシー校長《こうちょう》なんか、どなりつけられてたし。

あたしとプリンセス・ミアといっしょに自撮《じど》りしようとして、ほかのだれよりもグイグイ迫《せま》ってきてたから（ブッシー校長《こうちょう》っておなかがすごく出《で》てるから、ほかのだれよりも人《ひと》ごみをぬって進《すす》むことができる。おなかを武器《ぶき》としてうまく利用《りよう》して）。

ブッシー校長《こうちょう》は、ラーズにどなりつけられて、めちゃくちゃショックを受《う》けてた。たぶん、いつも人《ひと》をどなりつけてる（あと、人《ひと》にバツをつけてる）のは自分《じぶん》のほうだから。それでビックリしちゃったらしくて、駐車場《ちゅうしゃじょう》に突《つ》っ立《た》ってた。ケータイをにぎりしめたまま、すっかりしゅんとした顔《かお》で。

気《き》づいたらあたしは、お姉《ねえ》ちゃん（！）といっしょにリムジンに乗《の》りこんでて、ドアがしまると、みんなが窓《まど》をたたいて叫《さけ》びだした。

「オリヴィア！　オリヴィア、待《ま》って！」

写真《しゃしん》をまだ撮《と》ってないからだ。

お姉《ねえ》ちゃん（！）がちょっと引《ひ》き気味《ぎみ》でたずねる。

「まあ。いったいどうしたのかしら？」

「あ、べつになんでもないんです。みんな、興奮《こうふん》してるだけ。クランブルック中学《ちゅうがく》にセレブが来《く》ることなんてめったにないから。っていうか、はじめて」

だからといってプリンセス・ミアがほっとしたわけではなかった。

しかも、運転手《うんてんしゅ》さんが——そう、リムジンには専属《せんぞく》の運転手《うんてんしゅ》さんがいるの！　フランソ

いな服《ふく》を着《き》てすわってるだけだと思《おも》ってるけど、ぜんぜんちがう。

「だいじょうぶです。アナベルが教《おし》えてくれたから。あんまりカンジよくはなかったけど。アナベルって、ちょっとお高《たか》くとまってるから」

「だから、ごめんねっていってるの。オリヴィアはなんにも悪《わる》いことしてないのに！」

プリンセス・ミアはちょっとうろたえてる。

「わかってます。ママは、あとパパも、あたしを守《まも》ろうとしただけだって。ムリもないかな、って。ほら、あの騒《さわ》ぎを見《み》れば」

あたしはクランブルック中学《ちゅうがく》のほうを指《ゆび》さした。

プリンセス・ミアは、リムジンにいっしょに乗《の》ってた女《おんな》の人《ひと》たち——たぶん、おつきの女官《じょかん》さんだと思《おも》う——と顔《かお》を見合《みあ》わせて、いった。

「そうね。そのことも悪《わる》かったわ。わたしがバカだった。リムジンから外《そと》に出《で》ていくんじゃなかった。ほんとうにごめんなさい……」

あたしは首《くび》を横《よこ》に振《ふ》った。なんかまだ、プリンセスにあやまられるとヘンな感《かん》じがする。

「だいじょうぶです。で、ほんとうにほんとうなんですか？」

「わたしたちが姉妹《しまい》だってこと？　ええ、もちろんほんとうよ」

「あ、じゃなくて、ほんとうに、あたしの好《す》きなところに連《つ》れてってくれるんですか？」

プリンセス・ミアの顔《かお》が、ちょっとゆるんだ。

ああ、これこれ。この顔《かお》が見《み》たかった。よかった。すごく緊張《きんちょう》してて、心配《しんぱい》そうだったから。あたしよりもずっと！

それって、かなりだ。今日一日《きょういちにち》、あたしがどんな目《め》にあったかを考《かんが》えたら。

「もちろん。そっちも、ほんとうのほんとうよ。どうして？　どこか行《い》きたいところでもあるの？」

プリンセス・ミアは、ふふふと笑《わら》った。

え？　うそでしょ、わかんないの？

「はい！　パパに会《あ》いに行《い》きたい！」

あたしは大声《おおごえ》で返事《へんじ》した。

プリンセス・ミアが、にっこりする。

「そういうと思《おも》ってたわ」

リムジンのなか

あたし、パパに会《あ》いに行《い》く！！！！！！
ニューヨークに！！！！！

なんか、たくさんビックリマークつけちゃったけど、ホントにめちゃくちゃ興奮《こうふん》してるんだもん。

あと一時間《いちじかん》ちょっとで着《つ》くはず。

ニュージャージーのクランブルックは、ニューヨークから百《ひゃっ》キロちょっとしかはなれてないけど、あたしは一度《いちど》も行《い》ったことがない。ニシは家族《かぞく》といっしょに何度《なんど》も行《い》ってるし、キャサリンおばさんとリックおじさんもしょっちゅう行《い》ってる。ブロードウェイのミュージカルやら野球《やきゅう》の試合《しあい》やらオシャレなレストランとか、いろんな目的《もくてき》で。

だけど、あたしは行《い》ったことない。

いつも、近所《きんじょ》のネコを飼《か》ってるタッカーさんかニシといっしょに、家《いえ》で留守番《るすばん》だ。おばさんに、街《まち》は子《こ》どもには不潔《ふけつ》で危険《きけん》すぎるからっていわれて。あたし、もう子《こ》どもとはいえないし、サラはしょっちゅう連《つ》れてってもらってるのに。

それって前《まえ》から、ちょっとヘンじゃないかと思《おも》ってた。サラはあたしより四《よん》か月先《げつさき》に生《う》まれただけなのに。

だけど、だんだんわかってきた。それもたぶん、あたしがプリンセスだってことと関係《かんけい》あったんだ。

もちろん、おばさんはそうとはいわない。いつもいうのは、「あら、オリヴィア、街《まち》はすっごく汚《きたな》いのよ」とか、「ミュージカルなんか見《み》てもきっとたいくつしちゃうわ」とか。

たぶん、ママはめちゃくちゃ本気《ほんき》で、プリンセスのことを秘密《ひみつ》にしようとしてたんだろうな。パパに、だれにもいうなって約束《やくそく》させたんだから。パパのお母《かあ》さんにも（それって、あたしのおばあちゃん。ミアは、おばあさまって呼《よ》ばなきゃいけないっていってたけど）。

ミアはずっといってる。

「ほんと、だまってたなんて、信《しん》じられない。もっと早《はや》く知《し》ってたらよかったのに。前《まえ》からずっと、姉《あね》か妹《いもうと》がほしかったんだもの」

「あたしも！」

ずっと願《ねが》ってたたったひとつのことが、現実《げんじつ》になったんだ！

しかもわかったんだけど、ミアとあたしには、共通点《きょうつうてん》がたくさんある。

ミアも、日記《にっき》をつけてる。あたしがこのノートを書《か》いてるのを見《み》て、宿題《しゅくだい》でもやってるのってきいてきたから、ちがうって答《こた》えた。パパに、気持《きも》ちの整理《せいり》がつかないときは書《か》きとめておくといい、っていわれたんだ、って。

するとミアはおもしろがってるような顔《かお》をして、いった。

「ふーん。それ、パパがどこから思《おも》いついたのか、わかる気《き》がするわ」

「どこ？」

あたしは、ビックリしてたずねた。

「わたしがオリヴィアくらいのとき、おなじことをママからいわれたの」

「ほんとに？」

「ええ。それで、ほかに好《す》きなことはある？　日記《にっき》を書《か》く以外《いがい》に？」

ミアはにっこりしてたずねた。

「絵《え》を描《か》くのが好《す》き」

あたしは、野生動物《やせいどうぶつ》のイラストをいくつか見《み》せた。

「すごーい！　上手《じょうず》なのねー。その才能《さいのう》はきっと、お母《かあ》さんゆずりね。わたしは絵《え》がぜんぜんダメだもの」

「えっ、そんなことないよ。美術《びじゅつ》のダコタ先生《せんせい》がいってたんだけど、毎日《まいにち》コツコツ練習《れんしゅう》すれば、だれでも絵《え》が描《か》けるようになるんだって。いまは、遠近法《えんきんほう》を練習《れんしゅう》するようにいわれてるんだ。練習《れんしゅう》すればカンタンだっていうんだけど、いくら練習《れんしゅう》しても、ぜんぜんうまくならない気《き》がする」

ミアはまた、あたしの絵《え》をちらっと見《み》た。

「遠近法《えんきんほう》、うまくできてるように見《み》えるわ。少《すく》なくとも、わたしよりうまいのはたしかね」

「えっ。そんなことない」

顔《かお》が赤《あか》くなるのがわかる。

「オリヴィア、プリンセスレッスンその一《いち》よ。ほめ言葉《ことば》に対《たい》する受《う》け答《こた》えについて。いいことを人《ひと》にいわれたら、謙遜《けんそん》しちゃダメ。ただ、『ありがとう』とだけいえばいいの。いってみて」

顔《かお》がもっと赤《あか》くなる。

「ありがとう」

「どういたしまして」

ミアはくすくす笑《わら》った。

「ほーらね、そんなにむずかしくないでしょ？　美術《びじゅつ》の先生《せんせい》がいってた遠近法《えんきんほう》とおなじよ。練習《れんしゅう》すればするほど、かんたんになるわ」

「そんなふうに考《かんが》えたこと、一度《いちど》もなかった」

あたしが「そんなことない」っていったのは、いい気《き》になってるみたいに思《おも》われたくなかったから。だけど、ほめられたときに「ありがとう」っていうのは、いい気《き》になってるみたいにきこえないみたい。むしろ、礼儀正《れいぎただ》しい。

それからあたしは話題《わだい》を変《か》えるために、【わたしはだれ？】のプリントを見《み》せた（もちろん宿題《しゅくだい》をやりたいわけじゃないけど、明日提出《あしたていしゅつ》だし）。

ミアは、空欄《くうらん》を埋《う》めるのを手伝《てつだ》ってくれた。ジェノヴィアの祖先《そせん》のことでききたいことがあったらよろこんで答《こた》えるわよ、といって。

するとちょうどケータイが鳴《な》って、ミアは、ごめんね、出《で》なくちゃ、といった。

あたしは、気《き》にしないで、って答《こた》えた。プリンセスって、ほんとうにいそがしい。

ただ、ミアにも答《こた》えられないんじゃないかって思《おも》う質問《しつもん》がいくつかある。

たとえば……ママがほんとうに、あたしがジェノヴィア王家《おうけ》の血《ち》を引《ひ》いてることを知《し》られたくなかったら、なんでジェノヴィアのプリンセスの名前《なまえ》をたくさんあたしの名前《なまえ》に入《い》れたんだろう?

それって、キャサリンおばさんがいってたんだけど、ママはあたしがフランス語《ご》を話《はな》せるようになるのが夢《ゆめ》だった、ってのとおんなじ理由《りゆう》じゃないかな。それであたし、学校《がっこう》でフランス語《ご》をとることになったんだもん。ほかのみんなはスペイン語《ご》をとってるのに。そしてフランス語《ご》って、ジェノヴィアの人《ひと》たちが話《はな》してる言葉《ことば》だ。

ママはいつかあたしにほんとうのことをいうつもりだったって気《き》がしてならない。で、あたしといっしょにジェノヴィアに行《い》くつもりだったんじゃないかな。そのチャンスが来《く》る前《まえ》に死《し》んじゃったけど。

だけど、フランス語《ご》を習《なら》ったおかげでもう、いいことがあった。盗《ぬす》みぎきするつもりはないけど、ミアが電話《でんわ》で（フランス語《ご》で）しゃべってる内容《ないよう》が、少《すこ》しわかる。ほんとなら、すみません、って口《くち》をはさんで、あたしがフランス語《ご》をとってることを伝《つた》えるべきなんだろうけど。でも、それも失礼《しつれい》だし。しかも、ちょっとおもしろい。

女官《じょかん》さんのひとり（ティナ）が、よぶんにもってるケータイを貸《か》してくれた（王族《おうぞく》だったりすると、ケータイをふたつもつくらいなんでもないらしい）。

「ゲームでもしていていいわよ。車《くるま》のなかでたいくつしないようにね」

ティナはやさしくいってくれたけど、それってたぶん、自分《じぶん》たちだけでおしゃべりしたいからだと思《おも》う。

あたしはゲームをするかわりに、ニシにショートメールした（やり方《かた》は、あたしがケータイをもつ日《ひ》が来《く》るかもしれないからって、ニシに教《おそ》わってた。電話番号《でんわばんごう》はおぼえちゃってたみたい。ニシに電話《でんわ》できるのは、キッチンの壁《かべ》にかかってる固定電話《こていでんわ》からだけだから）。

ニシ、ビックリするだろうな。

オリヴィア

ハイ、ニシ！　あたし、オリヴィアだよ！
王家《おうけ》の女官《じょかん》さんのケータイ借《か》りてるの。;-)

ニシガール

ああ、よかった、無事《ぶじ》だったんだね！　超心配《ちょうしんぱい》してたんだから。あのあと、警察《けいさつ》が来《き》たんだよ！

警察《けいさつ》？　なんで？
アナベルを逮捕《たいほ》するため(笑《わら》)？

まさか、ま、逮捕《たいほ》してほしいくらいだけど(笑《わら》)。
オリヴィアに飛《と》びかかったとき、
信《しん》じらんなかったよ！

助《たす》けに来《き》てくれて、ありがとう。

当《あ》たり前《まえ》じゃん。警察《けいさつ》が来《き》たのは、
だれもバスに乗《の》ろうとしないからだよ。

ほんとに？

マジ！　ブッシー校長《こうちょう》、キレちゃってさ。
たぶん、校長《こうちょう》が連絡《れんらく》したんじゃないかな。
クエッタは、アナベルだっていってるけど。
めちゃくちゃガキだから。で、マジなの？？？

何《なに》が？

アナベルがいってたこと。
オリヴィアがプリンセスって！！！！

あ、うん。

ちょっとー、なんでそんなに冷《さ》めてんの？

冷《さ》めてないってば。あのね、あたし、
もうプリンセスレッスン受《う》けてるんだよ！

どこで？

リムジン！

どんなカンジ？

超《ちょう》クール。好《す》きなだけポテトチップス食《た》べて
ソーダ飲《の》んでいいの。あと、天井《てんじょう》のライトが、
ボタン押《お》すと、ピンクとか紫《むらさき》とか緑《みどり》とかに
光《ひか》るんだよ。

超《ちょう》クール！

でしょ？　でも、お姉《ねえ》ちゃんが、ボタンを押《お》すの
はやめてくれって。酔《よ》って吐《は》きそうになるんだって。

お姉《ねえ》ちゃんはどんな？

めちゃくちゃやさしい。だけど、
12歳《さい》がどんなカンジか、知《し》らないみたい。
アメリカン・ガールのお人形《にんぎょう》のお店《みせ》に
お茶《ちゃ》しに行《い》きたいか、きかれたもん。

ウケる。アメリカン・ガールの人形《にんぎょう》はもってないし、
7歳《さい》じゃなくて12歳《さい》だっていってやった？

まさか！　王族《おうぞく》だもん。失礼《しつれい》のないようにしなきゃ。

ま、あたしだったら行《い》くけどね！

でしょうね。この前《まえ》のクリスマスだって
ディズニーワールドの美女《びじょ》と野獣《やじゅう》のレストランで
ランチして、野獣《やじゅう》といっしょに写真《しゃしん》撮《と》ってた
くらいだから。

それ、あたしのプロフィール写真《しゃしん》だよ！

知《し》ってる。ね、ニシ、お姉《ねえ》ちゃんがいま、
ケータイで話《はな》してて、フランス語《ご》だから
いってることぜんぶは理解《りかい》できないんだけど、
「窃盗《せっとう》」って言葉《ことば》をきいた気《き》がするんだよね。

ポテトチップス、あんまり食《た》べないほうが
いいんじゃん？

あたしのことじゃないよ！　たぶん、キャサリンおばさんとリックおじさんの話《はなし》だと思《おも》う。

だからいったじゃん。フェラーリを2台《だい》ももってるなんておかしいって。フツー、1台《だい》だってもてないんだよ。

車《くるま》は盗《ぬす》んでないから！

なんでいいきれる？
高《たか》そうな道具《どうぐ》だってたくさんあるし。

あの道具《どうぐ》は、デザイン事務所《じむしょ》と建設会社《けんせつがいしゃ》をやってるからだよ！

なんかおかしいって思《おも》ってたんだよね。
みんなが顔《かお》をかくさなきゃいけない国《くに》に
引《ひ》っ越《こ》さなきゃいけないなんてさ。逃亡《とうぼう》だね。

　ニシのことは大好《だいす》きだけど、たまに妄想《もうそう》がすぎるときがある。いっしょに住《す》んでるおばあちゃんのせいじゃないかな。インドのボリウッド映画《えいが》ばっかり見《み》てて、あれっておもしろいけど、かなり非現実的《ひげんじつてき》だから。部屋《へや》じゅうの人《ひと》がいっせいに立《た》ちあがっておなじふうに歌《うた》って踊《おど》るなんて、じっさいはありえないし。

ニシ、クァリフの男《おとこ》の人《ひと》は顔《かお》かくしてないよ。女《おんな》の人《ひと》だけ。さっきいったことは忘《わす》れて。

ＯＫ《オーケー》。だけど、ちゃんと忠告《ちゅうこく》したからね。
で、どこにむかってんの？
アメリカン・ガール・カフェにお茶《ちゃ》しに？

ちがう（笑《わら》）。パパに会《あ》いに行《い》くの！
ニューヨークに！

☺☺☺☺☺☺☺☺☺!!!!!!!!!
よかったじゃんっ！！！！！！

うんっ。やっとパパに会《あ》えるんだよ！

超《ちょう》クール。こんなクールなことって、
フツーないよ。みんなに話《はな》してもいい？

たぶんみんな、プリンセスのことは
もう知《し》ってると思《おも》うけど。

じゃなくて、パパのこと。しかもみんな、
プリンセスのことがマジだってのもわかってないし。
いまやっと、ハッキリきいたんだから。

えっと、だって、プリンセス・ミアがリムジンで
学校《がっこう》にあらわれたことでハッキリしたと思《おも》うん
だけど。でも、いいよ。みんなに話《はな》しても。

やりーっ！！！！　アナベルの顔《かお》、見《み》ものだろうなー。明日《あした》、この話《はなし》するのが待《ま》ちきれない。

なんで？

だって、オリヴィアはほんもののプリンセスになったんだよ！　アナベル、ジェラシーでどうにかなっちゃうんじゃないかな。

ニシ、アナベルはプリンセスなんか好《す》きじゃないから。忘《わす》れちゃった？
あたしにやきもちなんか、やかないよ。

はあ？　アナベルがプリンセスをきらってるのは、自分《じぶん》がぜったいになれないってわかってるからだよ。心《こころ》だけだって、ムリ。なれっこない。
ああいう上《うえ》から目線《めせん》でイジワルな人間《にんげん》って、超不安定《ちょうふあんてい》なんだよね。
だから、オリヴィアをボコろうとしたんじゃん。

えっと、そんな理由《りゆう》じゃないと思《おも》うけど……。

ハッキリいっとく。それが理由《りゆう》だから。
あたし、プリンセスのエキスパートなんだよ。
アンチは見《み》ればわかるの。

ニシが自分《じぶん》はプリンセスのエキスパートだって思《おも》いたいのは知《し》ってるけど、それはまちがってる。

アナベル・ジェンキンズは、クランブルック中学一年《ちゅうがくいちねん》でいちばん人気《にんき》の女子《じょし》は、あたしにやきもちをやいたりしない。

あっ。

着《つ》いた。

プラザホテル

パパはプリンスだったりするから、ニューヨークにいるときは五番街《ごばんがい》のプラザホテルに泊《と》まってる。前《まえ》にキャサリンおばさんからきいたけど、ニューヨークでいちばん高価《こうか》なホテルだって。もしかしたら世界一《せかいいち》かも。

たしかに！　ここにあるものはぜんぶ、超《ちょう》ゴージャス。

あたしなんか、学校《がっこう》の制服《せいふく》だからカジュアルすぎて場《ば》ちがい。しかもダサいプリーツスカートだし。このダサい制服《せいふく》が有名《ゆうめい》になっちゃうんじゃないかな。だって、あたしがリムジンからおりたとき、写真《しゃしん》バシバシ撮《と》られたから。

それって、だれかしらが、クランブルック中学《ちゅうがく》の前《まえ》でプリンセス・ミアといっしょにいるあたしの写真《しゃしん》をネットに投稿《とうこう》して、あたしの姉《あね》としてミアをタグづけしたからだ！

うーん。だれかしらって、だれだろう……あ、ダメダメ、イヤミっぽくなってる。どうせアナベルに決《き》まってるのに。

あれだけあたしをきらってるんだから。

とにかく、それで世間《せけん》は大騒《おおさわ》ぎになって、メディアの人《ひと》がひとり残《のこ》らず（みたいに感《かん》じた）プラザホテルにかけつけた。

「うわ、サイアクだわ」

ミアがいう。車《くるま》は、ホテルの正面玄関《しょうめんげんかん》につづいてるレッドカーペットに近《ちか》づいていく。

ミアのいうとおりって気《き》がする。

こんなの、はじめて見《み》た。こんなにたくさんの人《ひと》がホテルの前《まえ》で待《ま》ちかまえて写真《しゃしん》を撮《と》ろうとしてるなんて！　一瞬《いっしゅん》、映画《えいが》のワールドプレミアかなんかかと思《おも》っちゃった。

だけど、リムジンがとまって、金色《きんいろ》のモールがついたグリーンの制服《せいふく》を着《き》た男《おとこ》の人《ひと》が近《ちか》づいてきてドアをあけてくれて、カメラをもって集《あつ》まった人《ひと》たちがみんなしてあたしの名《な》前《まえ》を呼《よ》んでるのをきいたとき、あたしは気《き》づいた。

映画《えいが》のワールドプレミアじゃない。あの人《ひと》たち、あたしを見《み》にきたんだ。このあたしを！

しかも、叫《さけ》んでるのはあたしの名前《なまえ》だけじゃない。口々《くちぐち》に質問《しつもん》してる。なかには、ちょっとイジワルな（またはウソの）内容《ないよう》もある。たとえば……。

1．リッチな白人《はくじん》の父親《ちちおや》に〝捨《す》てられて〟、どんな気分《きぶん》だったか？
2．理由《りゆう》はあたしが黒人《こくじん》だからだと思《おも》うか？
3．両親《りょうしん》が結婚《けっこん》しなかったことに腹《はら》を立《た》てているか？
4．だれを最初《さいしょ》に訴《うった》えるつもりか？
5．プリンセスになって最初《さいしょ》にしたいことは？　ディズニーランドに行《い》くこと？（まあ、この質問《しつもん》はちょっとおもしろいかも。ぜんぶがぜんぶ、イジワルな質問《しつもん》ってわけじゃない）

ミアにも、失礼《しつれい》な質問《しつもん》はきこえてたみたい。ムッとした顔《かお》をしてたから。口《くち》がぎゅっとすぼまって、眉《まゆ》がぐいっとつりあがった。

「あ、えっと……出直《でなお》してきたほうがいいかも」

あたしは、記者《きしゃ》たちを見《み》わたしていった。

「いいえ」

ミアはいって、あたしの制服《せいふく》のネクタイをまっすぐに直《なお》した。

「これからずっと、こんな感《かん》じよ。悪《わる》いけど、慣《な》れてもらわなくちゃ。イヤなら返事《へんじ》はしなくていいのよ。むしろ、しないほうがいいわ。だまってにっこり手《て》を振《ふ》って」

「にっこり手《て》を振《ふ》る？」

ちょっと、衝撃的《しょうげきてき》。あんなことをきいてくる人《ひと》に——超失礼《ちょうしつれい》だしウソばっかだし——にっこりしてあげる必要《ひつよう》なんてあるとは思《おも》えない。しかも手《て》まで振《ふ》るなんて。

「本気《ほんき》で？」

「本気《ほんき》よ」

ミアは、満面《まんめん》の笑《え》みのつくり方《かた》と、腕全体《うでぜんたい》じゃなくて手《て》だけ振《ふ》る方法《ほうほう》を教《おし》えてくれた。腕《うで》を振《ふ》るとつかれるから。ミアは、あたしがやってみるといった。

「そう、それでいいわ。そのまま、こんなふうに笑《わら》って」

ミアの顔《かお》には、超《ちょう》にっこりがはりついてる。なんかわざとらしい。これがほんとうの笑《え》顔《がお》だって信《しん》じる人《ひと》なんて、いるのかな。

「こんなふう？」

「もっとにっこり」

ミアがいう。まだニコニコしながら手《て》を振《ふ》ってるけど、しゃべるときは、くちびるをまったく動《うご》かさない。

「そう、その調子《ちょうし》。カンペキ。とっても自然《しぜん》よ」

とても自然《しぜん》な気《き》がしないっていうと、ミアは一分《いっぷん》かそこら練習《れんしゅう》させてくれた。

リムジンのなかには、ニコニコ手《て》を振《ふ》る練習《れんしゅう》をする相手《あいて》が、フランソアとラーズしかいなかった。さっきまで女官《じょかん》さんだと思《おも》ってたミアの友《とも》だちふたりは、それぞれの家《いえ》まで送《おく》っていっちゃったあとだったから。だから、フランソアとラーズにむかって練習《れんしゅう》した。

ラーズはとくに熱心《ねっしん》で、さらにいくつかアドバイスしてくれた。

「準備《じゅんび》はいいですか？」

しばらくすると、ラーズがミアにたずねた。ミアがこっちを見《み》つめる。

あたしは肩《かた》をすくめた。胃《い》のあたりでチョウチョがあばれてるみたいにどきどきしてきたけど。バックパックを肩《かた》にかける。

ああ、ニシの好《す》きな映画《えいが》に出《で》てきた戦《たたか》うプリンセスみたいに、バックパックが魔法《まほう》の盾《たて》になってくれるといいんだけど。だけど、魔法《まほう》の盾《たて》なんてどこにもないのはわかってる。

「たぶん」

「では、行《い》きますよ。一《いち》、二《に》、三《さん》」

ラーズが声《こえ》をかける。

「三《さん》」で、あたしたちはリムジンからおりると、レッドカーペットをいそいで歩《ある》き、ホテルの正面玄関《しょうめんげんかん》への階段《かいだん》をあがった。正直《しょうじき》いって、自分《じぶん》がどこを歩《ある》いてるのかも見《み》えてなかった。フラッシュがバシャバシャまぶしかったから。ミアが腕《うで》をつかんでくれてなかったら、つまずいて顔《かお》からコケてたはず。

助《たす》かったのは、記者《きしゃ》たちがドアマン（あと、数人《すうにん》のおまわりさん）に制止《せいし》されたこと。

みんな、叫《さけ》んでる。

「プリンセス・オリヴィア！　プリンセス・オリヴィア！　こっち、こっち！」

それ以外《いがい》、何《なに》もきこえない。

あたしは思《おも》わず声《こえ》のほうを見《み》そうになった。ラーズから見《み》ちゃダメだっていわれてたのに。リムジンのなかでのラーズのアドバイスは……。

1. 見《み》てはいけない
2. 質問《しつもん》に答《こた》えてはいけない
3. プレゼントをわたそうとする人《ひと》がいても受《う》けとってはいけない
4. 人々《ひとびと》のなかにたとえ親友《しんゆう》がいるのを見《み》つけても近《ちか》づいていってはいけない

ニシのことを思《おも》い出《だ》して、めちゃくちゃ会《あ》いたくなったから（ついさっきメールしてたのに）、ラーズにどうしてダメなのかきいてみた。

「近《ちか》づくと、そのまわりに全員《ぜんいん》が群《むら》がってきて、あなたに触《ふ》れようとするからです。手《て》がつけられない騒《さわ》ぎになり、バリケードがくずれ、ご友人《ゆうじん》は人々《ひとびと》の下《した》じきになります。ご友《ゆう》人《じん》が下《した》じきになるのを見《み》たいとおっしゃるなら、かまいませんが」

「う……見《み》たくないです。ありがとう」

「ご友人《ゆうじん》がどうしても会《あ》いたいと希望《きぼう》される場合《ばあい》は、あらかじめアポイントメントをとっていただくのがいちばん安全《あんぜん》かと」

うーん、そっか。プリンセスってそういうことなんだ。失礼《しつれい》な質問《しつもん》されても、答《こた》えて当《とう》然《ぜん》と思《おも》われる。自転車《じてんしゃ》でほいほい友《とも》だちの家《いえ》に遊《あそ》びに行《い》ったりしたら、人《ひと》にとり囲《かこ》まれる（または誘拐《ゆうかい》される）。だから、友《とも》だちに会《あ》いたかったら「あらかじめアポイントメントをとって」ってことになる。

だけど、どうしてもこの体験《たいけん》をニシと共有《きょうゆう》したい（イジワルな質問《しつもん》はべつだけど）。で、あたしは階段《かいだん》をあがりきると、くるっと振《ふ》りかえって、大声《おおごえ》で叫《さけ》んでる人《ひと》たちの写《しゃ》真《しん》をぱっと撮《と》った。

この写《しゃ》メ見《み》たら、ニシ、なんていうだろうなー。

プラザホテルのなかは、とにかくもうなんなのっていうくらいゴージャス。天井《てんじょう》はたぶん三十《さんじゅう》メートルくらい高《たか》さがあって、シャンデリアはほんもののクリスタルとゴールド！　たぶん、純金《じゅんきん》。

思《おも》わず、あちこちじろじろながめちゃった。もう、場《ば》ちがい感《かん》ハンパない！

ラウンジにはハープを弾《ひ》いてる女《おんな》の人《ひと》までいて、ミア（まだなんか、お姉《ねえ》ちゃんって呼《よ》ぶのはヘンな感《かん》じ）が教《おし》えてくれたんだけど、ここはアフタヌーンティーで有名《ゆうめい》でパームコートっていう場所《ばしょ》なんだって。

「あそこに入《はい》らなくてすんで、ラッキーよ。卵《たまご》サンド、食《た》べさせられるんだから」

ミアは、エレベーターのほうにむかいながらいった。

「あたし、卵《たまご》サンド好《す》き。サンドイッチならなんでも好《す》き。グルテン入《はい》ってるから」

「まあ、そうなの。だったら、あとで行《い》ってみましょう。好《す》きなだけ卵《たまご》サンド、食《た》べていいわよ」

イジワルな質問《しつもん》されることをヌキにしたら、なんか、ここは天国《てんごく》？ ってカンジ。

エレベーターには、エレベーターを動《うご》かす専門《せんもん》（！）の人《ひと》がいた。一日《いちにち》じゅう、エレベーターであがったりおりたりして、リッチな人《ひと》たちがボタンを押《お》してつかれちゃうのを防《ふせ》いでる。

これって、ぜったい酔《よ》うと思《おも》う。エレベーターのなかを見《み》まわしてみたけど、吐《は》いたあとはない。たぶん、わかんないようにバケツに吐《は》いて片《かた》づけてるんだろうな。

「こんにちは、ライル。妹《いもうと》を紹介《しょうかい》するわ。オリヴィアよ」

ミアが、エレベーター係《がかり》の人《ひと》にいった。

「はじめまして、プリンセス・オリヴィア」

ライルがいって、うなずきながらボタンを押《お》した。

〝PE《ピーイー》〟って書《か》いてある。一瞬《いっしゅん》、思《おも》った。なんで体育《たいいく》〈英語《えいご》で「体育《たいいく》」はPhysical Education《フィズィカル エデュケイション》〉しに行《い》くんだろう？　学校《がっこう》はとっくにおわってるのに。

で、気《き》づいた。PE《ピーイー》って、体育《たいいく》じゃなくて、なんかちがう意味《いみ》なんだ。

「ごゆっくりお過《す》ごしください」

「ありがとうございます」

あたしは礼儀正《れいぎただ》しく答《こた》えた。

PE《ピーイー》まではすごく遠《とお》かった。ドアがあくと、体育館《たいいくかん》なんかじゃなかった。レッドカーペットをしきつめた廊下《ろうか》に、ゴールドのふちどりの白《しろ》い壁《かべ》。壁《かべ》には、上品《じょうひん》なゴールドの文字《もじ》で〝Penthouse East《ペントハウス イースト》〟って表示《ひょうじ》があった。

あっ、PE《ピーイー》ってこれだ。ペントハウスの東《ひがし》！

来《き》たのははじめてだけど、ペントハウスなら知《し》ってる。ニシの家《いえ》でさんざんテレビで見《み》たから。ホテルの最上階《さいじょうかい》にあって、いちばん豪華《ごうか》な部屋《へや》のことだ。つまり、いちばん高《たか》い。

どうやら、プリンセスって超《ちょう》リッチらしい。先祖代々《せんぞだいだい》の財産《ざいさん》をずっとためてもってるから。だからやっぱり、さっき記者《きしゃ》にされた質問《しつもん》は頭《あたま》にくる。パパがあたしを〝捨《す》てた〟っていわれたけど、パパはいままで毎月《まいつき》、大金《たいきん》（と手紙《てがみ》）を送《おく》ってくれてたし、あたしがプリンセスだってことをだまっててほしいってたのんだのはママのほうだし。

静《しず》かな長《なが》い廊下《ろうか》には、つみたての白《しろ》いバラのおっきな花《か》びんがたくさんおいてあった。そこを歩《ある》いていくと、つきあたりのドアがあいてて、おばあさんが立《た》ってた。ミアを見《み》たのとおなじ雑誌《ざっし》で見《み》たことある顔《かお》だけど、記事《きじ》は読《よ》んでないから、だれかわかんない。

ミアは、そのおばあさんをめちゃくちゃこわがってるみたいだった。背《せ》すじをしゃきーんとのばして、ハンドバッグをしっかりかかえてる。

「で、この子《こ》なのですか？」

おばあさんは、あたしたちがまだ廊下《ろうか》を歩《ある》いてるときにたずねた。

「この子《こ》よ、おばあさま」

ミアが、礼儀正《れいぎただ》しい声《こえ》でいう。

えっ。信《しん》じられない！　あたしのおばあちゃん？　プリンセス・クラリッサ・レナルド？　あたしが知《し》ってるどんなおばあちゃんともぜんぜんちがう！　ニシのおばあちゃんなんか、キュートであったかいカンジで、お料理《りょうり》が好《す》きで、生《う》まれた国《くに》のインドの話《はなし》をよくしてくれる。

　あたしのおばあちゃんは、背《せ》が高《たか》くてガリガリで、ダークパープルのスーツを着《き》て、もっとダークなパープルのファーがそで口《ぐち》についてて（どう見《み》てもフェイクファーじゃない。それって学校《がっこう》で、環境《かんきょう》に配慮《はいりょ》してないって習《なら》ったけど）、つめが長《なが》くてとんがってて、長《なが》くて白《しろ》い髪《かみ》をふわっとひとまとめにしてる。

　あと、ぜったいとはいえないけど、眉毛《まゆげ》は黒《くろ》いペンシルで描《か》いてると思《おも》うし、おっきな指輪《ゆびわ》を百万個《ひゃくまんこ》くらいつけてるんだけど、たぶんぜんぶほんもののダイアモンドとルビーとパールとエメラルド。ううん、ほんものに決《き》まってる。だって、プリンセスだもん！

　ミアに背中《せなか》をつつかれて、思《おも》い出《だ》した。あ、そうだ、リムジンのなかで、おばあちゃんに会《あ》ったら何《なに》をいってどうすればいいか、教《おそ》わったんだった。

「お会《あ》いできてとてもうれしいです、おばあちゃ……えっ、えっ、ミニチュアプードル？」

　最後《さいご》のほうは予定外《よていがい》だったけど、思《おも》わず口《くち》から出《で》ちゃったんだもん！

ひざを曲《ま》げておじぎをしてるとき、黒《くろ》い鼻《はな》がちょこんとついた白《しろ》くてちっこいふわふわが、おばあさまの足元《あしもと》からこっちをのぞきこんでるのが見《み》えたから。

「プードル大好《だいす》き！　すごく頭《あたま》がいいの。しかも、すっごく泳《およ》ぎがうまいし」

そんなつもりはさらさらなかったのに、いきなり初対面《しょたいめん》の王族《おうぞく》のおばあちゃんの前《まえ》で、犬《いぬ》のマメ知識《ちしき》を披露《ひろう》しちゃった。

だけど、ほんとにほんとに犬《いぬ》が大好《だいす》きなんだもんっ。

カンガルーとおなじくらい好《す》き。キャサリンおばさんは、ぜったいに飼《か》わせてくれなかったし（もちろんカンガルーじゃなくて。犬《いぬ》とかネコとかモルモットも）。

「そのとおりです。プードルは、とても賢《かしこ》いでしょう？　第二次世界大戦《だいにじせかいたいせん》のときは番犬《ばんけん》としてつかわれていたのを知《し》っていますか？」

「はい。本《ほん》で読《よ》みました。あと、毛《け》があんまりぬけないって」

プードルを飼《か》わせてほしくて何度《なんど》もおばさんにこの主張《しゅちょう》をしてみたけど、うまくいかなかった。

「おもしろいこと。もうひとりの孫《まご》は、ネコしか好《す》きではないのですからねぇ」

おばあさまにちらっと見《み》られたお姉《ねえ》ちゃんが、いった。

「わたし、ネコしか好《す》きじゃないわけじゃないから。ネコしか飼《か》ったことがないだけよ、おばあさま。で、そろそろなかに入《はい》ってもいい？」

おばあさまはドアをあけて、あたしたちを通《とお》してくれた。部屋《へや》のなかを見《み》て、もうビックリなんてもんじゃなかった。

床《ゆか》は白《しろ》い大理石《だいりせき》に黒《くろ》いすじが入《はい》ってて博物館《はくぶつかん》みたいだし、あちこちにアンティークがおいてあるの！　アンティークっていっても、壁《かべ》にすごい絵《え》がかけてあるだけじゃなくて——絵《え》もたくさんあったけど。昔《むかし》なつかしい帆船《はんせん》とかフルーツとかかつらをかぶったきれいな女《おんな》の人《ひと》とかが、太《ふと》いゴールドのフレームのなかに入《はい》ってた——ほかにもたくさん。

1．エジプトの石《いし》の棺《ひつぎ》に入《はい》ったほんもののタカのミイラ

2．イッカク〈北極圏《ほっきょくけん》にすむ小型《こがた》のハクジラ〉の牙《きば》（いまじゃ絶滅《ぜつめつ》しそうだから、博物館《はくぶつかん》以外《いがい》で所有《しょゆう》するのは法律違反《ほうりついはん》なんじゃないかな）

3．白《しろ》いグランドピアノ

4. 甲冑《かっちゅう》

すわるようにいわれたイスまでアンティークで、キャサリンおばさんがもってるどんな家具《かぐ》よりゴージャス。おばさんなんて、マンハッタンのデザイナーのショールームから直《ちょく》接《せっ》家《か》具《ぐ》を買《か》ってるのに。

床《ゆか》から天井《てんじょう》まであるおっきな窓《まど》の外《そと》には、セントラルパークが見《み》わたせる。しかもじつは窓《まど》でもなくて、広《ひろ》いバルコニーにつづいてるドアだった。

自分《じぶん》のおばあちゃんが、ドアマンやらエレベーター係《がかり》やらがいるこんな上品《じょうひん》な建物《たてもの》に住《す》んでるなんて信《しん》じられない……と思《おも》ってたら、さっきとはべつの犬《いぬ》がほかの部屋《へや》からかけこんできた。プードルなのはすぐわかったけど、こっちは白《しろ》い子《こ》よりかなり年《とし》とってる。っていうか、毛《け》がぜんぜんないし、しわくちゃのおじいちゃんみたい。それでももちろん、超《ちょう》かわいいけど。

おじいちゃん犬《いぬ》は、番犬《ばんけん》みたいに吠《ほ》えたりうなったりしながら、あたしのほうに走《はし》ってきたけど、あたしがにっこりして目《め》の高《たか》さがおなじになるようにしゃがむと、いきなりピタッととまって、あたしをまじまじと見《み》つめた。

「こんにちは」

あたしはいった。笑《わら》っちゃう。このちっちゃい子《こ》、自分《じぶん》のことをどう猛《もう》だと思《おも》いこんでるんだもん。そのとき、その子《こ》があたしのひざに手《て》をかけて、あたしの顔《かお》をなめはじめた。ちっちゃい尻尾《しっぽ》をぶんぶん振《ふ》ってる。

「はじめまして。ごきげんいかが？」

あたしはその子《こ》を抱《だ》きあげて両腕《りょううで》にかかえて、さらにキスを浴《あ》びた。しわくちゃだし全《ぜん》身《しん》の毛《け》がぬけてるけど、やっぱりやわらかくてあったかい。

「ラメル？　まあ、ラメルときたら、どうしたというのです？」

おばあさまが、ビックリしていった。

「べつにどうもしてないよ」

「こんなふうに抱《だ》かれるのがきらいなはずなのに」

「あ、ごめんなさい」

あたしがラメルをおろそうとすると、おばあさまがいった。

「いいえ、いいえ、いいのですよ。ラメルはあなたを気《き》に入《い》ったようですからね。カクテルでもいかが？」

「おばあさま。オリヴィアは十二歳《じゅうにさい》なのよ」

となりの部屋《へや》からお姉《ねえ》ちゃんの声《こえ》がする。

「ノンアルコールに決《き》まっていますす、もちろん」

あたしよりラッキーな女《おんな》の子《こ》って、世界《せかい》じゅうさがしてもいないんじゃないかな。だって、いきなり家族《かぞく》が増《ふ》えた。
1．お姉《ねえ》ちゃん
2．おばあちゃん
3．プードル二匹《にひき》
たった一日《いちにち》で！

こんなサイコーなことってある？

スノーボールを（毛《け》があるほうの女《おんな》の子《こ》のプードル。おばあさまが、好《す》きな名前《なまえ》つけていいっていうから、スノーボールにした）追《お》いかけて走《はし》りまわって、本《ほん》がたくさんある部《へ》屋《や》を通《とお》りすぎたら、ケータイで話《はなし》をしてるつるつる頭《あたま》の男《おとこ》の人《ひと》がいて、あたしにはわかった。すぐにわかった。パパだ（まあ、ミアとおばあさまがのってた雑誌《ざっし》でジェノヴィアのプリンスの写真《しゃしん》も見《み》たことあるからってのもあるけど）。机《つくえ》の前《まえ》に立《た》ってる人《ひと》は、写真《しゃしん》とおんなじだった。ちょっとだけ写真《しゃしん》よりさえなかったけど（ひげをそっちゃってたから）。

パパはあたしを見《み》ると、なんともいえない表情《ひょうじょう》を浮《う》かべて、いった。

「バリー、あとでかけ直《なお》す」

そして、電話《でんわ》をポケットに入《い》れるといった。

「オリヴィア？」

考《かんが》える間《ま》もなかった。生《う》まれてはじめてお父《とう》さんに会《あ》えたんだから、考《かんが》えてる余裕《よゆう》なんてない。ただかけよっていって、両腕《りょううで》を広《ひろ》げて思《おも》いっきり抱《だ》きつくだけ。いくらプリンスでも。勲章《くんしょう》とかつけてても。

「うわっ」

パパは声《こえ》をあげた。たぶん、あたしがパパのおなかにがっつり顔《かお》をうずめたからだと思《おも》う。だけどパパも、あたしを抱《だ》きしめてくれた。

「やっと会《あ》えてうれしいよ」

あたしはほっぺたをパパのおなかに押《お》しつけて、パパのにおいをかいだ。マウスウォッシュと、ベルトの革《かわ》と（ベルトには剣《けん》をさしてた）、ホテルの洗剤《せんざい》が混《ま》ざったにおい。

「こんなに時間《じかん》がかかって、ほんとうにすまなかった。おまえのお母《かあ》さんの考《かんが》えだったんだ。真実《しんじつ》を知《し》らせないことも、直接会《ちょくせつあ》わないことも。お母《かあ》さんは、おまえが注目《ちゅうもく》を浴《あ》びながら成長《せいちょう》することを心配《しんぱい》していたんだよ」

「知《し》ってる。もう下《した》で記者《きしゃ》にとり囲《かこ》まれたし」

あたしは抱《だ》きついたままいった。

「ほんとうにすまない。何《なに》もかも……」

パパのおなかが、お昼《ひる》に食《た》べたものを消化《しょうか》してる音《おと》がする。なんか、ほっとする音《おと》だ。だけど、パパ、かわいそう。もうずいぶんたってるのに、まだ立《た》ち直《なお》れてない。あたしのうつくしい、ほんとにきれいなママを失《うしな》ったことから。

そりゃ、そうだよね。ママって、ほんとうにステキな人《ひと》だったんだもん。

あたしを見《み》て、パパがあんまり悲《かな》しくならないといいけど。

「それもお母《かあ》さんが、おまえに知《し》らせないほうが安全《あんぜん》だと考《かんが》えた理由《りゆう》のひとつだ。メディアというのは、ほんとうにしつこい。おまえには、そんなものに悩《なや》まされずに成長《せいちょう》する権《けん》利《り》がある。それにきいた話《はなし》だと、このことが知《し》られていないうちから、おまえは学校《がっこう》でひどい目《め》にあって……」

あたしは、やっとパパからはなれて、パパの顔《かお》を見上《みあ》げていった。

「うん。だけど、ミアのママもミアにおなじことを望《のぞ》んだんでしょう？　で、ミアもなんともなかった。たぶん、あたしもだいじょうぶだよ」

パパは両手《りょうて》をあたしの肩《かた》の上《うえ》にのせると、ため息《いき》をついていった。

「ああ、オリヴィア、おまえのいうとおりだ。やはりおまえは、とくべつな子《こ》だな。だが、ミアも苦労《くろう》はした。おまえも苦労《くろう》することになるはずだ」

「わかってるよ。だけどあたし、見《み》かけよりタフだし。それにもう、にっこりしながら手《て》を振《ふ》る方法《ほうほう》、習《なら》ったんだよ。ほら」

あたしは、ミアに教《おそ》わったとおりにやってみせた。

だけど、よりによってそのタイミングでスノーボールが飛《と》びかかってきてうまくできなかった。なにしろまだ子犬《こいぬ》だから、ちゃんとしつけされてない。

「ダメだよ、スノーボール」

あたしはスノーボールの前足《まえあし》をつかんで、そっとぎゅっとした。

「おすわり」

あたしは、スノーボールの前足《まえあし》を床《ゆか》につけた。「おすわり」の意味《いみ》がわかるように。子《こ》犬《いぬ》って、こうやってしつける。前《まえ》にテレビで見《み》た。

「たいへんだったようだな。オトゥール家《け》で暮《く》らすのは苦労《くろう》が多《おお》かっただろう。それに……ペットも飼《か》わせてもらえなかったのか」

「あ、うん」

パパに罪悪感《ざいあくかん》をおぼえてほしくない。最近《さいきん》ロクなことがなかったなんて知《し》られたくない。とくに、アナベルのこととか。だからあたしはスノーボールを抱《だ》っこして、顔《かお》をそのふわふわの毛《け》にうずめて、パパに顔《かお》を見《み》られないようにした。

「だいじょうぶだよ。それにほら、もう……スノーボールがいるし」
「おまえがこの子《こ》を気《き》に入《い》ってくれてよかった。なにしろ将来的《しょうらいてき》には、もっと多《おお》くの時間《じかん》をいっしょに過《す》ごすことになるかもしれないから。なあ、オリヴィア、わたしたちといっしょに住《す》まないか？」

プラザホテル

パパの質問《しつもん》をきいて、ビックリしたなんてもんじゃない。あんまりぎょっとして、スノーボールをぽとっと落《お》としそうになっちゃった（落《お》とさなかったけど。だけど、腕《うで》からずるずるすべってっちゃって、気《き》づいたらスノーボールは大理石《だいりせき》の床《ゆか》の上《うえ》に転《ころ》がって、ぽかんとした顔《かお》してた）。

パパもあたしが衝撃《しょうげき》を受《う》けてるのに気《き》づいてたみたい。あたしの腕《うで》をとって、茶色《ちゃいろ》い革《かわ》のソファのところに連《つ》れていってすわらせてくれた。そして、自分《じぶん》もとなりにすわった。

ソファは超《ちょう》ふかふかで、信《しん》じられないくらいすわり心地《ごこち》がよかった。スノーボールもそう思《おも》ったらしく、のぼってきて、横《よこ》においてあるクッションの上《うえ》にすわった。

「イヤなら断《ことわ》ってくれていいんだ」

パパはあわてていった。

「わたしが傷《きず》つくのではないかと心配《しんぱい》する必要《ひつよう》はない。おまえがキャサリンおばさんといっしょにいたいと考《かんが》えるのは、もっともだと思《おも》う。なんといっても、ずっといっしょに暮《く》らしてきたのだからな」

あたしは返事《へんじ》をしなかった。口《くち》をきける気《き》がしなかったから。あんまりビックリで。あと、幸《しあわ》せで。

「もちろん、ずっと長《なが》いこと、おまえといっしょに暮《く》らせる日《ひ》を待《ま》ち望《のぞ》んでいた。だが、おばさんがよくいっていたように、それはお母《かあ》さんの気《き》持《も》ちにそむくことになる。子《こ》どもには安定《あんてい》した環境《かんきょう》が必要《ひつよう》だ。あと、母親《ははおや》も。そしてわたしはこれまで、そのふたつともを与《あた》えられる立場《たちば》になかった。だが、おばさんも、そしてもし生《い》きていたらお母《かあ》さんも、事《じ》情《じょう》が少《すこ》し変《か》わってきたとわかってくれると思《おも》う。もうすぐもっと状況《じょうきょう》が変《か》わるはずだ……」

あたしは、期《き》待《たい》をこめてパパを見《み》つめた。

「そうなの？　どんなふうに？」

「ああ、ひとつには、おばさんとおじさんがおまえを連《つ》れてクァリフに引《ひ》っ越《こ》そうとしている件《けん》だが、そんなことを許《ゆる》すわけにはいかない。もうひとつには、こちらの意《い》思《し》はどうであれ、おまえがジェノヴィアのプリンセスだということは世《せ》間《けん》に広《ひろ》まってしまった。もう、どうにもならない。そして最後《さいご》に、おまえの姉《あね》のミアが結婚《けっこん》することになって……」

「えっ！　ホント？」

口《くち》をはさむつもりはなかったけど、あんまりビックリして、つい。

「ああ、そうだ。そしてミアは夫婦《ふうふ》でジェノヴィアで暮《く》らすことになっている。だから、おばさんがずっとよくないと主張《しゅちょう》していた、近《ちか》くに女性《じょせい》がいない環境《かんきょう》というネックがなくなった」

あたしは、ひたすらパパを見《み》つめてた。

信《しん》じられない。うそでしょ。なんか、ステキな夢《ゆめ》を見《み》てるみたい。

「パパはあたしといっしょにジェノヴィアで暮《く》らしたい？」

「ああ、もちろんだ。ジェノヴィアがどこにあるか、知《し》っているか？」

あたしはうなずいた。ミアの友《とも》だちのケータイで調《しら》べたから。

「フランスとイタリアのあいだでしょ」

「ああ、まあ、そのあたりだ。とても小《ちい》さいが、ヨーロッパのどの国《くに》よりも気候《きこう》が一年《いちねん》じゆう安定《あんてい》していて、地中海《ちちゅうかい》に面《めん》した理想的《りそうてき》な場所《ばしょ》にあり……」

べつの質問《しつもん》をする前《まえ》に、ドアがあいて、おばあさまが入《はい》ってきた。うしろに、おっきなシルバーのトレイをもったウエイターさんがいる。

「この子《こ》がいつから食事《しょくじ》をしていないのかわからないので、ルームサービスに手早《てばや》く軽《かる》い食《た》べものを用意《ようい》してもらいましたよ。アメリアのことですから、オリヴィア、あなた、リムジンのミニバーにあるジャンクフードしか食《た》べていないのではありませんか」

それが何《なに》か問題《もんだい》でも？　ってカンジだけど、やっぱり超《ちょう》ワクワクする。ウエイターさんがシルバーのトレイを、ソファの前《まえ》にあるアンティークの大《おお》きな低《ひく》いテーブルの上《うえ》においた。あたしは、ルームサービスが〝手早《てばや》く〟用意《ようい》してくれたっていう〝軽《かる》い食《た》べもの〟を見《み》て、目《め》が飛《と》びだしそうになった。トレイの上《うえ》にあったのは……。

・ボウルに入《はい》ったつみたていちごと、クッキーと、チョコレートトリュフとナッツ
・色《いろ》とりどりのミニケーキ
・とろっとろのタイプを含《ふく》む、三種《さんしゅ》のチーズ
・いろんな種類《しゅるい》のサンドイッチの具《ぐ》――ハム、サラミ、ローストビーフ、ターキー、あと

スモークサーモン
・ちっちゃいシルバーのスプーンを添《そ》えた小《ちい》さいシルバーのカップに入《はい》ったマスタード、マヨネーズ、ホースラディッシュ、クリームチーズ
・バスケットに入《はい》った白《しろ》パン、全粒粉《ぜんりゅうふん》パン、ライ麦《むぎ》パン、黒《くろ》パン、バゲット、いろんなベーグル

小麦粉禁止《こむぎこきんし》の家《いえ》で育《そだ》ってると、このグルテン天国《てんごく》みたいな光景《こうけい》を見《み》たら、うれし泣《な》きしそうになる。

ウエイターさんが、あわあわの茶色《ちゃいろ》い液体《えきたい》があふれそうになってるオシャレなクリスタルのゴブレット〈足《あし》つきのグラス〉を手《て》わたしてくれた。

「殿下《でんか》、チョコレートミルクでございます」

ストローもさしてある。曲《ま》がるストロー！

「ありがとうございます」

声《こえ》がひっくりかえる。それ以上《いじょう》しゃべれる気《き》がしない。しかも、なんていったらいいか、

わかんないし。

「ありがとう、ジョージ。ごくろうさま」

おばあさまがいった。ウエイターさんはおじぎをして、出《で》ていった。おばあさまは、ソファのパパのとなりに上品《じょうひん》にふわりとすわると、小《ちい》さいお皿《さら》に手《て》をのばして、ハムをのせた。

「それで……フィリップ、もうきいてみたのですか？」

「はい。ききました」

おばあさまがハムをのせたお皿《さら》を床《ゆか》においで、犬《いぬ》たちに食《た》べさせる。

「返事《へんじ》は？」

「母上《ははうえ》、まだです。おそらくショックでしょうから。ミアはどこにいるのです？」

「どこだと思《おも》いますか？　あのボーイフレンドと電話中《でんわちゅう》ですよ」

「母上《ははうえ》、もう婚約者《こんやくしゃ》です」

あたしはチョコレートミルクをすすった。キンキンに冷《ひ》えてる。ごくっと飲《の》みこんだ。

「たしかにショック。こんなおいしいチョコレートミルク、飲《の》んだことない」

おばあさまは、おもしろがってるような顔《かお》をした。またべつのお皿《さら》をもって、今度《こんど》はローストビーフをのせてる。

「ショックなのは、飲《の》みものですか、それともお父《とう》さま？　お父《とう》さまがずっとあなたと暮《く》らしたがっていたのを知《し》りませんか？　あなたの母親《ははおや》が許《ゆる》さなかったせいです。もちろん、わたくしが理由《りゆう》でしょう」

「母上《ははうえ》」

パパが、やめてくださいという声《こえ》でいう。

おばあさまが、肩《かた》をすくめる。

「なんですか？　ほんとうのことです。わたくしの近《ちか》くにいると、おそろしい影響《えいきょう》を受《う》けるのが心配《しんぱい》なのでしょう。アメリアの母親《ははおや》も、おなじことを考《かんが》えていましたからねぇ。けれども、オリヴィアはもうじゅうぶん大人《おとな》ですから、わたくしのせいで道徳的《どうとくてき》に堕落《だらく》するようなことは……」

「母上《ははうえ》！」

パパは、きっぱりといった。手《て》をのばして、おばあさまが犬《いぬ》にあげようとしているローストビーフのお皿《さら》をとりあげる。

「ほーらね？　わたくしは、手《て》に負《お》えない相手《あいて》なのです」

スノーボールは、すでに口《くち》のなかに入《い》れてたローストビーフを飲《の》みこんでる。

「うん、たしかに。人間《にんげん》の食《た》べものを犬《いぬ》にあげちゃダメだよね。とくにテーブルにのってるものなんて。そんなこと、だれだって知《し》ってる。たぶんそのせいで、ラメルの毛《け》がぜんぶぬけちゃったんだよ」

おばあさまは、目《め》を丸《まる》くした。青《あお》い瞳《ひとみ》だ。パパとおんなじ。

「まさか。それはないでしょう。いいですか、わたくしはラメルにそっくりな犬《いぬ》を散歩《さんぽ》させているときに、あなたのおじいさまに出会《であ》ったのです。シャンゼリゼをぶらついていたわたくしは、そのようなときのためにあるような、あざといカクテルドレスを着《き》ていました。ピンクで、もちろんシルクです。ドレスに合《あ》わせて染《そ》めた靴《くつ》をはいて、すてきな小《ちい》さい帽子《ぼうし》をかぶり……」

「母上《ははうえ》」

パパが、さっきよりもき然《ぜん》としていった。おばあさまが現実《げんじつ》に引《ひ》きもどされる。

「まあ。この子《こ》がきいたから答《こた》えただけです。わたくしはただ……」

「この子《こ》はきいていませんよ。オリヴィア、とにかくだな」

パパはいって、あたしにお皿《さら》をわたしてくれた。のってるのは、クリームチーズとスモークサーモンをのせたベーグルと、大《おお》きいいちごと、クッキーだ。

「わたしたちはまだ、このことについてキャサリンおばさんと話《はな》し合《あ》っていないのだよ。それどころか、おばさんはおまえがここにいることも知《し》らない。ミアといっしょにいるとしか思《おも》って……」

ひゃーっ。ってことはあたし、キャサリンおばさんが知《し》らないことを知《し》ってるってこと！

もちろん、おばさんが知《し》るのも時間《じかん》の問題《もんだい》だけど。

ニュースかネットを見《み》れば、すぐにわかる。下《した》にいた記者《きしゃ》たちがあたしの写真《しゃしん》をアップロードすれば、おばさんは――あとおじさんとサラとジャスティンも――ショックを受《う》ける。

「おばさんに話《はな》して意味《いみ》があるとは思《おも》えなかったからね。おまえが興味《きょうみ》をもつかどうかわからないかぎり……」

「ジェノヴィアは世界一《せかいいち》住《す》みやすい場所《ばしょ》ですよ」

おばあさまが平気《へいき》で割《わ》りこんできて、口《くち》にミニケーキをほうりこんだ。

「ヨットを走《はし》らせたらあまりのうつくしさにうっとりします。それからもちろん、食《た》べものも最高《さいこう》です。アルベルトのシュー・ア・ラ・クレームときたら、一度《いちど》食《た》べたら……」

「生活《せいかつ》はガラッと変《か》わることになるだろう。ふつうの家《いえ》ではなく宮殿《きゅうでん》で暮《く》らすことになるのだから……」

パパは、おばあさまをムシしてつづけた。

「宮殿《きゅうでん》で暮《く》らすほうが、ずっといいでしょうに。ごみにしたって、召《め》し使《つか》いにわたせばいいのですから。わざわざ通《とお》りの角《かど》まで自分《じぶん》で引《ひ》きずっていかなくていいのです」

パパはおばあさまをにらみつけた。

「母上《ははうえ》、母上《ははうえ》がいつ、自分《じぶん》でごみ出《だ》しをしたというのです？」

「それから、オリヴィア、わたくしたちといっしょに暮《く》らせばもちろん、自分《じぶん》のポニーに乗《の》れるのですよ。わたくしはあなたくらいのころ、とてもかわいいポニーに乗《の》っていまし

た。名前《なまえ》はジップです。ジップはわたくしの手《て》から直接《ちょくせつ》リンゴを食《た》べたものです。ただね
え、わたくしは、ほら、馬《うま》の毛《け》にアレルギーをもっているので、ジップが近《ちか》づいてくるた
びに涙《なみだ》がぽろぽろこぼれてしまってねぇ。それでも、それだけの価値《かち》はありました。わた
くしはジップが大好《だいす》きでしたから」
「転校《てんこう》もしなければいけない。だが……」
パパは、おばあさまが何《なに》もしゃべらなかったみたいにいった。
「おやおや、ジェノヴィア王立《おうりつ》アカデミーは、宮殿《きゅうでん》から通《とお》りをわたってすぐですよ」
おばあさまがまた割《わ》って入《はい》ってきた。
「とても優秀《ゆうしゅう》な学校《がっこう》です。専用《せんよう》の馬屋《うまや》があって、乗馬《じょうば》を学《まな》ぶこともできますし、入学《にゅうがく》には
きびしい基準《きじゅん》があります。アメリカのふつうの公立校《こうりつこう》のように、だれでも入《はい》れるというわ
けではないのですよ」
「あたし、きびしい基準《きじゅん》がある学校《がっこう》に入《はい》れる気《き》がしないんだけど」
あたしは、おそるおそるいった。ガッカリさせたくない。
「っていうか、キャサリンおばさんにテストを受《う》けさせられたんだけど、あたしの知性《ちせい》は

平均的《へいきんてき》だっていわれた」

パパとおばあさまが、顔《かお》を見合《みあ》わせる。

「おばさんがそういったのか、オリヴィア？　おまえが平均的《へいきんてき》だと？」

パパがたずねる。

「ううん。義理《ぎり》のいとこのサラがいってた。おばさんとおじさんが話《はな》してるのをきいたんだって。だけど、ほんとうだと思《おも》う。だってあたし、どの科目《かもく》も上級《じょうきゅう》クラスとかに入《はい》ってないし。でもまあ、中一《ちゅういち》のなかでは成績《せいせき》いいほうだと思《おも》うよ。けっこう勉強《べんきょう》がんばってるし。だから正直《しょうじき》いって、あたし……まあ、カンペキフツーだと思《おも》う。トクベツなところなんてないんだ。ひとつもね」

認《みと》めるのはイヤだけど、いわなきゃいけない。どっちにしても、そのうちバレるし。あ、でも、ギリギリ思《おも》い出《だ》した。これはいっとかなきゃ。

「ただ、絵《え》だけは、美術《びじゅつ》のダコタ先生《せんせい》に上手《じょうず》に描《か》けてるっていわれた。遠近法《えんきんほう》はもっと練《れん》習《しゅう》しなきゃいけないけど。あと、絵画教室《かいがきょうしつ》で奨学金《しょうがくきん》をもらえるっていわれたこともある。おばさんに、まだ早《はや》いっていわれて通《かよ》えなかったけど」

おばあさまの顔《かお》がぱっと明《あか》るくなった。

「それはきっと、わたくしの血《ち》を引《ひ》いたのでしょうねぇ。わたくしもずっと、絵《え》が得意《とくい》だったのですよ。それに、ジェノヴィア王立《おうりつ》アカデミーには、すばらしい美術《びじゅつ》の教育《きょういく》プログラムがあるのです。自慢《じまん》するわけではありませんが、あの偉大《いだい》なピカソがある日《ひ》、わたくしがパリのリヴォリ通《どお》りで絵《え》を描《か》いているのを見《み》て——あのときはいていたのは、イタリアのカプリ島《とう》のすてきな小《ちい》さいお店《みせ》で仕立《した》てていただいたチノの布地《ぬのじ》のズボンだったはずです。あなたが大《おお》きくなったら、連《つ》れていかなければいけませんねぇ。もちろん、いまはまだ小《ちい》さくて、あのお店《みせ》の服《ふく》を着《き》ることができないでしょうけれど——そして、あの偉大《いだい》な巨匠《きょしょう》ピカソがわたくしに……」

パパが割《わ》って入《はい》った。

「いいえ、母上《ははうえ》、ピカソは何《なに》もいっていません。オリヴィア、おまえがふつうだとはわたしは思《おも》わない。おまえのどこをとっても、ふつうだとは思《おも》わない」

「まだ会《あ》ったばかりとはいえ、わたくしもまったくもって、あなたが平均的《へいきんてき》とは思《おも》いませんよ。平均的《へいきんてき》であれば、ラメルはあのようなことをしませんから」

おばあさまは、毛《け》のないプードルを指《ゆび》さした。あたしのおしりによりかかって丸《まる》くなって寝《ね》てる。あたしのももを、枕《まくら》がわりにして。

「ラメルは、人間《にんげん》がきらいなのです」

「わたしも含《ふく》めて」

パパがいう。

「そう、フィリップも含《ふく》めて」

おばあさまがうなずく。

「ミアも、おまえはとくべつだといっていたよ、オリヴィア。じっさい、わたしたちみんな、おまえはとくべつな子《こ》だと思《おも》っている。そして、おまえがいっしょに暮《く》らしてくれたら、ほんとうにうれしい。一年《いちねん》のうちの一時期《いちじき》だけでもいい。だが、おまえがおばさんといっしょに暮《く》らしたいというのなら、あきらめるしかない」

「何《なに》をいいますか。わたくしは、あきらめはしませんよ。そのようなこと、ただの時間《じかん》のむだです。はっきりいって、災《わざわ》いです」

おばあさまは、何《なに》やら自分《じぶん》だけドリンクを飲《の》んでいる。

「おまえのおばあさまは、大《おお》げさにいう癖《くせ》があるから。慣《な》れればわかってくるだろうが」

「ニュージャージーにならまだ会《あ》いにきてもいいかもしれませんけれどねぇ」

おばあさまがいう。あんまりよさそうにきこえない。とくに「ニュージャージー」ってところを、うつりたくない病気《びょうき》みたいにいってる。

「けれども、クァリフともなると。ラメルも、暑《あつ》いところでは弱《よわ》ってしまうでしょう」

「ラメルはどんなところにいても弱《よわ》っているではないですか」

パパが、ムスッとした声《こえ》でいう。

それからパパは、あたしにむかっていった。

「少《すこ》しゆっくり考《かんが》えてみたらどうだ？　チョコレートミルク、もう少《すこ》し飲《の》むか？」

あたしは首《くび》を横《よこ》に振《ふ》った。まだかなりのショック状態《じょうたい》で、何《なに》を考《かんが》えればいいのかもわかんない。

だから、考《かんが》えるかわりに、パパがお皿《さら》にのせてくれたベーグルにかじりついた。この前《まえ》パンを食《た》べてからずいぶんたつから、どんなにおいしいか、忘《わす》れてた。

そのとき、はっとした。口《くち》に入《い》れたぶんを飲《の》みこんでから、あたしはいった。

「パパ？」

パパも、自分《じぶん》のベーグルにかじりついたところだった。

「んん？」

「あたしがクリームチーズとサーモンをのせたベーグルが好《す》きって、なんで知《し》ってたの？」

「おやおや、それは、かんたんなことですよ」

おばあさまが、パパがまだ口《くち》をもごもごやってるうちに答《こた》えた。

「フィリップの好物《こうぶつ》ですからねぇ」

どうやら、親《おや》から引《ひ》きつぐものって、目《め》の色《いろ》とか絵《え》の才能《さいのう》とかだけじゃないらしい。王《おう》位《い》とか、あとスモークサーモンが好物《こうぶつ》とかも。

プラザホテル

いつもならとっくに寝《ね》てる時間《じかん》（おばさんの家《いえ》では就寝時《しゅうしんじ》刻《こく》は九時半《くじはん》）だけど、眠《ねむ》れない。ワクワクがとまらなくて！　しかもここ、はじめて来《き》た場所《ばしょ》だし……ニューヨークのホテルで、おばあちゃんが住《す》んでるペントハウスのゲストルーム！

こんなおっきい、お姫《ひめ》さまっぽい天蓋《てんがい》つきのベッドで、肌《はだ》ざわりのいいシーツにはさまれて寝《ね》たことないし。パジャマだってすごくかわいくて、おばあちゃんが用意《ようい》してくれたんだけど、シルクで、G《ジー》って文字《もじ》が刺繍《ししゅう》してあるの。ジェノヴィアのG《ジー》。プリンセスのパジャマってこと！　ニシが見《み》たら卒倒《そっとう》しちゃうかも。

だけど、そういうのが理由《りゆう》で決心《けっしん》したんじゃない。

あたし、ジェノヴィアに引《ひ》っ越《こ》す。

まあ、シルクのパジャマを着《き》てお姫《ひめ》さまベッドで寝《ね》るのが

サイコーにステキなのはまちがいないけど（となりには、超《ちょう》かわいいふわっふわの真《ま》っ白《しろ》なプードルだっているし）。

考《かんが》えただけで、にやけちゃう。いつか自分《じぶん》のポニーに乗《の》れるだけじゃなくて、絵画教室《かいがきょうしつ》にだって通《かよ》える。奨学金《しょうがくきん》にたよらずに。

だけどね、いちばんの理由《りゆう》は、パパやおばあちゃんやお姉《ねえ》ちゃんと暮《く》らせること。あたしのことを、本気《ほんき》で考《かんが》えてくれてる家族《かぞく》と。それ以上《いじょう》のことなんて、ある？ないない。ぶっちぎりでいちばん。

ただ、キャサリンおばさんのことは気《き》になってる。悲《かな》しんだらイヤだな。あたしがパパとおばあちゃんとミアといっしょに暮《く》らすことに決《き》めたせいで（ミアは何《なに》かっつーとハグしてくる。今夜《こんや》だって帰《かえ》る前《まえ》にむぎゅーってやってきたから、あばら骨《ぼね》が折《お》れるかと思《おも》った。ま、これって軽《かる》い自慢《じまん》！）。

だけど、おばさんはきっとわかってくれるはず。もともとデザインの仕事《しごと》でいそがしいし、リックおじさんやサラやジャスティンがついてるし、クァリフに引《ひ》っ越《こ》したらいろんな楽《たの》しいことがあってそっちに夢中《むちゅう》になっちゃうだろうし。あたしがいっしょに行《い》かないって知《し》ったら、逆《ぎゃく》にほっとするんじゃないかな。

ニシに会《あ》えなくなるのは、めっちゃさみしいけど。でもパパが、いつでも好《す》きなときに遊《あそ》びにきてもらえばいいっていってたもん！

あー、想像《そうぞう》もつかないけど、たいへんなんだろうな。まったくあたらしい中学校《ちゅうがっこう》に転校《てんこう》して、ひとりも知《し》り合《あ》いがいないなんて。そもそも行《い》ったこともない国《くに》への引《ひ》っ越《こ》しだし、そこの人《ひと》たちがしゃべってる言葉《ことば》もわかんないし（しかもあたしって、その国《くに》のプリンセスだったりする）。

だけど、ひとつだけハッキリ、なくなってもさみしくないっていえるものがある。

アナベル・ジェンキンズ。

今日《きょう》ってほんと、人生《じんせい》サイコーの日《ひ》。

そっか、それで寝《ね》られないんだ！　今日《きょう》がおわってほしくないから。

バーグドルフ・グッドマン店内《てんない》

いつもなら、クランブルック中学《ちゅうがく》でフランス語《ご》の授業《じゅぎょう》を受《う》けてるころ。

でも今日《きょう》は、超高級《ちょうこうきゅう》デパートのバーグドルフ・グッドマンで、たんすいっぱいぶんのあたらしい服《ふく》をつぎつぎ試着《しちゃく》してる。おばあちゃんが、世界《せかい》じゅうの注目《ちゅうもく》が集《あつ》まってるいまこそ〝きらめき〟を放《はな》たなきゃいけないっていうから（あ、うん、そんなのなんてことないし）。

（まあ、ホントはちょっとなんてことある。ホテルをぬけだすときだって、キッチンを通《とお》って、荷物《にもつ》の搬入口《はんにゅうぐち》から出《で》て、パパラッチに見《み》つからないようにしなきゃいけなかった。まだホテルの正面《しょうめん》にはりついてるんだもん！　ありえないって）

ここ二《に》、三時間《さんじかん》ですでに、まる五年間授業《ごねんかんじゅぎょう》を受《う》けたフランス語《ご》よりたくさん、プリンセスとはなんたるかについての知《ち》識《しき》を得《え》た。

たとえば、プリンセスだったりすると、相手《あいて》のいったことがわからないとき、「えっ？」とか、ききかえしちゃいけない。

正《ただ》しくは、「たいへん申《もう》し訳《わけ》ないのですが、もう一度《いちど》おっしゃっていただけますか？」。

しかも、プリンセスだったりすると、出《で》てきた料理《りょうり》の味《あじ》もみないでケチャップをかけるのは失礼《しつれい》にあたる。シェフの料理《りょうり》に対《たい》するぶじょくってことになっちゃう。まずひと口食《くちた》べて、それから自分《じぶん》の好《この》み的《てき》には「味《あじ》つけがうすめ」かどうかを判断《はんだん》する。

そのあとでやっと、ケチャップをくださいってお願《ねが》いできる。それってルームサービスの場合《ばあい》、わざわざ下《した》の階《かい》からもってこなきゃいけなくて、泊《と》まってるのがペントハウスだとめちゃくちゃ遠《とお》いんだけど。

こんなにいろいろあったら、忘《わす》れる気《き》しかしない。ちょうどこのノートにぜんぶ書《か》きとめてるからいいけど。だいたい今朝《けさ》だって目《め》が覚《さ》めたとき、〝ココはどこアタシはだれ〟状態《じょうたい》だったし。

で、ふと見《み》たらスノーボールがあたしの顔《かお》の横《よこ》で丸《まる》くなってて、ラメルが足元《あしもと》でのびてて、オシャレな飾《かざ》りのある窓《まど》からおひさまが差《さ》しこんできてて、窓《まど》の外《そと》にはバルコニーがあって、そこからセントラルパークを見《み》おろせて――ニューヨークのセントラルパーク！――あたしは、きのうのできごとを一気《いっき》に思《おも》い出《だ》した。で……。

「あたし、パパのところにいるんだ！　おばあちゃんもいっしょ！　で、このふわふわの子《こ》はおばあちゃんの犬《いぬ》で、もう一匹《いっぴき》の毛《け》がないのもおばあちゃんの犬《いぬ》で、みんながあたしにジェノヴィアでいっしょに暮《く》らそうっていってくれて、あたしはそのジェノヴィアのプリンセスなんだ！」ってなった。

で、心臓《しんぞう》がばくばくしすぎてたおれそうになった。まだベッドにいたから、たおれてもダメージはほとんどないんだけど。

するとトーストのにおいがしてきたから（こんがり焼《や》きたてってカンジ！）、大《おお》あわてで起《お》きて、歯《は》を磨《みが》いて、着《き》がえて、ダイニングルームに入《はい》っていくと、おばあさまが部屋《へや》着《ぎ》のワンピース姿《すがた》で新聞《しんぶん》を読《よ》んでて、その前《まえ》のテーブルには見《み》たこともないほどたくさんの食《た》べものが並《なら》んでた。たとえば……

・こがね色《いろ》の焼《や》きたてワッフルが山盛《やまも》り
・ふわふわホイップクリームがたんまり
・つやつやの真《ま》っ赤《か》ないちごが入《はい》ったボウル
・ほんもののメープルシロップが入《はい》ったシルバーのピッチャー
・オレンジジュースを注《そそ》いだクリスタルのゴブレット
・エッグ&《アンド》ソルジャーズ（半熟卵《はんじゅくたまご》と細《ほそ》く切《き》ったトースト）

エッグ&《アンド》ソルジャーズって、はじめて見《み》た。どうやって食《た》べるのかと思《おも》ったら、半熟卵《はんじゅくたまご》の殻《から》のてっぺんを割《わ》って、バターを塗《ぬ》ったトーストを、まだあったかいとろっとした卵《たまご》の黄身《きみ》にディップする。こんなおいしいもの、食《た》べたことない（まあ、ワッフルは別格《べっかく》だけど）。

けっきょく、ケチャップをほしくもならなかった。

で、横《よこ》にいるスノーボールをなでながら、いままでいちばんぜいたくでおいしい朝《あさ》ゴハンを食《た》べてるとき、おばあさまが新聞《しんぶん》をおいて、こういった。

「あなたのお父《とう》さまはジェノヴィア国会《こっかい》と電話会議中《でんわかいぎちゅう》ですし、お姉《ねえ》さまは私的《してき》な用事《ようじ》がありますから、わたくしがあなたをショッピングに連《つ》れていきます」

「ショッピング？　学校《がっこう》は？」

「学校《がっこう》？　学校《がっこう》など、どうでもよろしい。まさか、ニュージャージーに残《のこ》りたいなどという考《かんが》えを起《お》こしたわけではないでしょうねぇ？」

「おばあさま、ニュージャージーは、あたしの生《う》まれ故郷《こきょう》だよ。あたし、あそこで生《う》まれたの。そんないい方《かた》、しないで」

「どんないい方《かた》です？」

「人《ひと》の住《す》む場所《ばしょ》じゃないみたいな」

おばあさまは肩《かた》をすくめて、自分《じぶん》のイスの横《よこ》にうずくまってたラメルにベーコンをひと切《き》れ、あげた。

「よろしい。そこまでニュージャージー愛《あい》が強《つよ》くて、今後《こんご》もずっとニュージャージーで暮《く》らしたくて、世界《せかい》じゅうを旅《たび》してあたらしい経験《けいけん》をしたくないというのなら、わたくしはとめる気《き》などさらさらありませんよ」

「そんなこといってないよ。あたしだって、ジェノヴィアでおばあさまやパパやミアといっしょに暮《く》らしたいってば。だけど……」

おばあさまはにっこりしたようにも見《み》えたけど、いまいち表情《ひょうじょう》が読《よ》めない。口角《こうかく》がほとんど動《うご》かないから。ミアは、おばあさまが〝さんざんあちこち手《て》を加《くわ》えた〟からだっていってた。

「そういうことでしたら、学校《がっこう》の心配《しんぱい》などしないでよろしい。これからはジェノヴィア王《おう》立《りつ》アカデミーの生徒《せいと》になるのですから。しかも入学手続《にゅうがくてつづ》きはまだですから、欠席扱《けっせきあつか》いもされません」

「うん。だけど、まだ前《まえ》の学校《がっこう》やめてないから、行《い》かなかったら、無断欠席扱《むだんけっせきあつか》いされて、成績表《せいせきひょう》にバツがついちゃう」

「バツ？　たった一日《いちにち》、祖母《そぼ》といっしょにショッピングを楽《たの》しんだだけで？」

おばあさまは、ビックリした顔《かお》できいた。

「ショッピングじゃ、欠席《けっせき》の理由《りゆう》にならないよ。理由《りゆう》として認《みと》められるのは、たとえば友《とも》だちのニシみたいに、おばあちゃんが盲腸《もうちょう》で入院《にゅういん》して病院《びょういん》に行《い》かなくちゃいけなかったとか、そういうの。あのときは、緊急事態《きんきゅうじたい》だから欠席許可《けっせききょか》がおりてニシはお見舞《みま》いに行《い》ったけど。ショッピングは緊急事態《きんきゅうじたい》じゃないし」

「緊急中《きんきゅうちゅう》の緊急《きんきゅう》です。そのようなかっこうでこれ以上《いじょう》、あなたを人目《ひとめ》にさらすわけにはいきません」

おばあさまはムッとしていうと、あたしの制服《せいふく》を指《ゆび》さした。

「今日《きょう》もまちがいなく、パパラッチがあなたの写真《しゃしん》を撮《と》るでしょう。そうなったら、まるでわたくしたちが、たった一着《いっちゃく》しか服《ふく》を与《あた》えないであなたを虐待《ぎゃくたい》しているみたいではありませんか。これのどこが、緊急事態《きんきゅうじたい》ではないというのです？」

そういっておばあさまは、読《よ》んでた新聞《しんぶん》の一面《いちめん》を見《み》せてきた。

「えっ、あたしっ⁉」

あたしは叫《さけ》んで、思《おも》わずトーストをぽとっと落《お》とした（セーフだったけど。ラメルとスノーボールがすかさずくわえてさらってったから。ま、バターついてるほうが下《した》になっちゃってたけどね）。

「ええ、そうです。それから、こちらもですよ」

おばあさまは横《よこ》に積《つ》みあげてた新聞《しんぶん》の山《やま》からまた一部《いちぶ》とって、一面《いちめん》を見《み》せてきた。

話題沸騰《わだいふっとう》の中一《ちゅういち》！

ジェノヴィアの王位継承順位第二位《おういけいしょうじゅんいだいにい》のオリヴィアは、ニュージャージー生《う》まれのちっちゃなプリンセス！

ラッキーだったのは、今回《こんかい》は落《お》とすような食《た》べものを手《て》にもってなかったこと。

「ひぇーっ！」としか、口《くち》から出《で》てこなかった。

アナベル・ジェンキンズがこの新聞《しんぶん》を見《み》たかどうか、気《き》になってしょうがない。もし見《み》てたら、めちゃくちゃキレてるはず。死《し》ぬほどくやしがるだろうな。あたしなんかが〝話題沸騰《わだいふっとう》の中一《ちゅういち》〟って呼《よ》ばれてるのを知《し》ったら。自分《じぶん》じゃなくて。

ただし、いいカンジの書《か》き方《かた》をしてくれてる新聞《しんぶん》ばっかりじゃなかった（ミョーにもちあげてるほうの記事《きじ》をアナベルに見《み》られてないといいけど）。

イジワルなことを書《か》いてる記事《きじ》もある。

うちのパパがわざとあたしを〝クランブルックの人目《ひとめ》につかない場所《ばしょ》〟にいままでずっ

と〝かくしておいた〟とか、それは自分《じぶん》の母君《ははぎみ》とかジェノヴィア国民《こくみん》とかマスコミとかにあたしのことを見《み》つかっちゃマズいと思《おも》ってたからだとか、あたしは〝恥《は》ずべき秘密《ひみつ》〟の存在《そんざい》だとか。

ぜんぜん、そんなんじゃないのに！　っていうか、たしかにあたしはクランブルックの人目《ひとめ》につかない場所《ばしょ》にいたけど、それはあたしがだれかの〝恥《は》ずべき秘密《ひみつ》〟だからじゃない。

おばあさまはあたしがムカついてるのに気《き》づいたらしく、いった。

「マスコミからの注目《ちゅうもく》を浴《あ》びるのも、王族《おうぞく》の仕事《しごと》のひとつなのですよ。新聞《しんぶん》でも雑誌《ざっし》でも、あなたの顔《かお》が表紙《ひょうし》になれば売《う》れ行《ゆ》きがあがります。けれども、書《か》かれていることがすべて、好意的《こういてき》な内容《ないよう》だと思《おも》ってはいけません」

「だけど、ホントじゃないことも書《か》いてあるよ！」

おばあさまは、おもしろがってた。

「おやまあ、あなたも半分《はんぶん》はアメリカ人《じん》の血《ち》が流《なが》れているのなら知《し》っているでしょう？　アメリカ国民《こくみん》は、自分《じぶん》の意見《いけん》を自由《じゆう》にいう権利《けんり》が米国憲法修正第一条《べいこくけんぽうしゅうせいだいいちじょう》とやらで保障《ほしょう》されているのです。その考《かんが》え方《かた》が事実上《じじつじょう》まちがっていると証明《しょうめい》されないかぎり、好《す》きなだけ公《おおやけ》にしていいのですよ」

そりゃ、知《し》ってるけど。でもやっぱり、納得《なっとく》いかない。

「じゃあ、その考《かんが》え方《かた》が事実上《じじつじょう》まちがってるって証明《しょうめい》しようよ」

「もちろんです。しかるべきときが来《き》たら、声明《せいめい》を出《だ》します。いまは、あなたをショッピングに連《つ》れていくことが先決《せんけつ》です。見《み》かけを最高《さいこう》に保《たも》っていれば、気持《きも》ちも最高《さいこう》になります。そして、そのようなかっこうでは、最高《さいこう》の気持《きも》ちになりようがありませんねぇ」

おばあさまは、あたしがはいてるスカートを指《ゆび》さした。

「わかったよ、おばあちゃん。だけど、さっきもいったけど、ブッシー校長《こうちょう》がショッピングを正当《せいとう》な欠席《けっせき》の理由《りゆう》として認《みと》めてくれるわけがないよ」

「なんですって？　ブッシー？　それは、なんなのです？」

「ヤだ、おばあちゃん、先生《せんせい》だってば。うちの学校《がっこう》の校長先生《こうちょうせんせい》。あたしはあたしを悪《わる》くいう人《ひと》たちが事実上《じじつじょう》まちがってるってことを、バツをひとつももらわないままクランブルックを出《で》て、証明《しょうめい》したいの。おばあちゃんがかまわなければ、だけど」

「おばあさま、です。おばあちゃんではありません。それに、バカなことをいうものではありませんよ。プリンセスがどうやってバツをもらうというのです。けれども、そんなに心配《しんぱい》なら、わたくしからその〝ブッシー〟とやらに電話《でんわ》をして、事情《じじょう》を説明《せつめい》しておきましょう」

おばあちゃん、っていうか、おばあさまが、クランブルック中学《ちゅうがく》の事務《じむ》に電話《でんわ》をかけるなんて、あたしがいままで見《み》てきたなかでもかなりミョーなことに入《はい》る。

ここ二十四時間《にじゅうよじかん》でさんざん、ミョーなことを見《み》てきたけど。

「もしもし、そちら、クランブルック中学《ちゅうがく》?」

おばあさまは、あたしが電話《でんわ》をかけてあげると(おばあさまは、電話機《でんわき》の扱《あつか》いがあまりうまくないから。ふつうの固定電話《こていでんわ》でも)、受話器《じゅわき》にむかっていった。

「ええ、ええ、よろしい。ごきげんいかが? わたくしは、ジェノヴィアのプリンセス・クラリッサ・レナルド。孫娘《まごむすめ》のプリンセス・オリヴィア・グレース・クラリッサ・ミニョネット・ハリソンのことで電話《でんわ》をしていますの。ブッシーさんにお話《はなし》があるのです。もう一度《いちど》おっしゃっていただけます? 会議中《かいぎちゅう》? ええ、それでは、お伝《つた》えください。孫娘《まごむすめ》は、今日《きょう》は登校《とうこう》できません。あたらしい服《ふく》が早急《そうきゅう》に必要《ひつよう》なものですから。では、ごきげんよう」

ハッキリいえるけど、事務《じむ》のミセス・シンはまちがいなく、アブナイ人《ひと》からの電話《でんわ》だと思《おも》ったはず。おばあさま、返事《へんじ》を待《ま》たずにさっさと切《き》っちゃったけど。

それからおばあさまは、〝顔《かお》を塗《ぬ》る〟作業《さぎょう》にとりかかって（メイクのことを、おばあさまはこういう）、着《き》がえた。

で、いまはバーグドルフ・グッドマンにいて、〝たんすひとつぶん〟の服選《ふくえら》びをしてる。手伝《てつだ》ってくれてるのは、おばあさまの〝パーソナルスタイリスト〟だけど、やたら大《おお》げさな呼《よ》び方《かた》だと思《おも》う。このデパートではたらいてて、担当《たんとう》してるお客《きゃく》さんはひとりしかいないのに。おばあさまと、いまはあたし。

おばあさまのパーソナルスタイリストのブリジットは、超親切《ちょうしんせつ》。なんたって、犬《いぬ》たちを店内《てんない》に連《つ》れてきてもいいっていってくれたし（おばあさまはスノーボールを連《つ》れてこさせてくれた。自分《じぶん》がラメルを連《つ》れてくるから）。

だけど、意味《いみ》わかんない。

四時間以上《よじかんいじょう》もえんえんと服《ふく》を試着《しちゃく》するのが楽《たの》しいなんて、どうして思《おも》えるの？

アナベル・ジェンキンズとかサラみたいなファッションラブな子《こ》なら思《おも》うかもしれないけど、あたしはムリ。

でも、おばあさまはファッションはたいせつだっていってる。

自分《じぶん》のセンス（そんなもの、育《そだ》てるチャンスはいままでなかったけど。人生《じんせい》のほとんど、学校《がっこう》の制服《せいふく》を着《き》させられてるんだから）を他人《たにん》に直《ただ》ちに伝《つた》えるものだし、自尊感情《じそんかんじょう》を高《たか》めるのにも役立《やくだ》つからって。

だけど、あたしの自尊感情《じそんかんじょう》、いまも高《たか》まってる気《き》がしない。

だってここ二時間《にじかん》でブリジットに試着《しちゃく》させられたもの（で、おばあさまが買《か》ったもの）といったら……。
・ズボン十本《じっぽん》（ジーンズから、ブリジットが〝カジュアルなスラックス〟って呼《よ》んでるようなものまで、いろいろ）
・スカート十一枚《じゅういちまい》（〝フレア〟から〝タイト〟まで）
・ドレス三十着《さんじっちゃく》（おばあさまによると、「プリンセスにはドレスが何着《なんちゃく》あっても足《た》りないくらいなのです。常《つね》に、ポロの試合《しあい》とか、舞踏会《ぶとうかい》とか、棚氷《たなごおり》が温暖化《おんだんか》で分離《ぶんり》していることへの意識《いしき》を高《たか》める慈善興業《じぜんこうぎょう》とかの公式行事《こうしきぎょうじ》に参加《さんか》するよう求《もと》められていますから」）

・数《かぞ》えきれないくらいの靴《くつ》。ブーツから、ローファーから、ダンスシューズから、おばあさまのいう〝トレーナー〟まで（あとでスニーカーのことだと判明《はんめい》。おばあさまが何《なに》をトレーニングさせようとしてるのかはわかんない。プリンセスのトレーニングはべつとして）

・パンツ（二十枚《にじゅうまい》。ブリジットに試着《しちゃく》させられなかったからよかったけど。でもおばあさまが、〝通気性《つうきせい》〟とか〝コットン百《ひゃく》パーセント〟とかの重要性《じゅうようせい》についてえんえんと語《かた》ってて、気《き》が遠《とお》くなりそうになった）

・おばあさまのいう〝ファンデーション〟とかいうものだけど、要《よう》するにブラのこと！ おばあちゃん、あたしにブラの試着《しちゃく》を強要《きょうよう》したの！ おばあちゃんの目《め》の前《まえ》で！ ブラの下《した》にしまわなきゃいけないものなんて、ないのに！ ブリジットが気《き》づいてくれたから試着《しちゃく》しなくてもよくなったけど。しかもそれってただの、ニシがいう〝スポーツブラ〟、ブリジットがいう〝トレーニングブラ〟だった。それでも、また気《き》が遠《とお》くなりそうになった。
・靴下《くつした》（二十足《にじっそく》）
・インナー用《よう》のT《ティー》シャツ（十枚《じゅうまい》）
・セーター（十枚《じゅうまい》。ジェノヴィアは一年《いちねん》じゅうあったかいって、おばあさまはいってるけど、どうやらスキーを習《なら》わなきゃいけないらしい）
・長《なが》そでブラウスとシャツ（二十枚《にじゅうまい》。しかも、ロゴが入《はい》ってるのは品《ひん》がないといって試着《しちゃく》もさせてもらえなかった）
・おばあさまのいう〝アウター〟（つまりコートとジャケット）
・最後《さいご》に〝小物類《こものるい》〟。帽子《ぼうし》、手袋《てぶくろ》、バッグ。でもジュエリーはなし。おばあさまがいうには、「ヨーロッパじゅうの宝石《ほうせき》のすばらしいコレクションが手《て》に入《はい》るのですから」

トゥーマッチにもほどがある。

しばらくすると、あたしは「もうやめてーっ」て叫《さけ》びたくなった。制服以外《せいふくいがい》に私服《しふく》なんてほとんどもってないし、それでいいと思《おも》ってる。選択肢《せんたくし》が多《おお》すぎるのって、頭《あたま》がこんがらがるから。

だから、ちょっと休《やす》みたいというと、ブリジットはあたしを見《み》て心配《しんぱい》そうな顔《かお》をした。

で、お水《みず》がほしいかってきかれて、ほしいって答《こた》えると、シルバーのトレイにのっけたグラスをもってきてくれて、それでいま、ひとりでそのお水《みず》を飲《の》みながら、これを書《か》いてる。

自分《じぶん》の家族《かぞく》がいることも、プリンセスだってことも、楽《たの》しかったりはするけど、それだけじゃない。

めちゃくちゃつかれるし、パニック起《お》こしそうになるし、ちょっと恥《は》ずかしい。

Thursday, May 7
3:45 P.M.

5月《がつ》7日《か》 木曜日《もくようび》
午後《ごご》3時《じ》45分《ふん》

リムジンのなか

オリヴィア
あたしだよ！　ついに自分《じぶん》のケータイもてた！

ニシガール
よかったじゃんっ！　で、どこにいんの？
今日《きょう》学校《がっこう》休《やす》んでるし。
みんな、オリヴィアのうわさしてるよ！

うそ！　あたし、おばあちゃんと
買《か》いもの行《い》ってただけだよ（笑《わら》）。

そんなの、欠席《けっせき》の理由《りゆう》にならないじゃんっっ!!

知《し》ってる。バツつきそうでこわい。

バツはつかないよ。プリンセスだし！

おばあちゃんもおなじこといってた！

ウケるーっ！　きのうの夜《よる》、ニュースで見《み》たよ。
何《なに》見《み》ても出《で》てる。

ううう……ヒドいこといってるでしょ。ウソばっか。

当《あ》ったりーっ(笑《わら》)！　だれにも知《し》られたくないっていったのは、オリヴィアのママなんでしょ。

なんで知《し》ってるの？

アナベルがきのういってたから。忘《わす》れちゃった？

あ、そっか。忘《わす》れてた。
あれからいろいろあったから。

あと、オリヴィアのお姉《ねえ》ちゃんもいま、テレビでいってたし。

えっ？　いつ??

たったいま。なんで知《し》らないの？　王族《おうぞく》って、もっとコミュニケーションとったほうがいいよ。

ホントに？　あたしいま、お姉《ねえ》ちゃんといっしょにリムジンに乗《の》ってるのに！

マジ？　じゃ、録画《ろくが》だったんだね。
で、いまは何《なに》してんの？

おばあちゃんがイメージチェンジのために
ゴージャスな美容院《びよういん》にあたしを連《つ》れていこうと
したの。だけどミアが気《き》づいてとめてくれたから、
くるんとカールをととのえるスパイラルパーマを
かけられただけでおわったんだけど。

なんで？

ミアは、あたしにイメチェンは必要《ひつよう》ないって。
いまのままでじゅうぶんうつくしいんだからって。

うわっ。いいこというね。賛成《さんせい》！

ありがとう。ニシだって、そのままで
じゅうぶんうつくしいよ。

サンキュ、知《し》ってる。だけど、イメチェンならして
みたいな。鼻《はな》にピアスして、髪《かみ》を紫《むらさき》に染《そ》めたい。

ニシだったら、鼻《はな》ピアスも紫《むらさき》の髪《かみ》も、
めちゃくちゃ似合《にあ》いそう。
だけど、おばあちゃんに殺《ころ》されるでしょ。

まちがいなく、そっちのおばあちゃんだって
そうでしょ。プリンセスなんだし。だけど、
プリンセスは鼻《はな》ピアスして髪《かみ》が紫《むらさき》でも王者《おうじゃ》の
風格《ふうかく》は消《き》えないって説明《せつめい》したほうがいいよ。

そうだね。で、学校《がっこう》ではみんな、なんて？

たいていは、プリンセスなんてカッコいいって。
サラだけは、恩知《おんし》らずっていってる。

恩知《おんし》らず？　なんで？？？

自分《じぶん》のパパがオリヴィアに
さんざんしてやったのに、って。

何《なに》を？　何《なに》をしてくれたっていうの？？？

わかるよ。だからあたし、いってやったんだ。
「それって、サラとジャスティンはもってるのに
オリヴィアにはケータイもパソコンも
もたせなかったこと？　それとも、オリヴィアを
盗《ぬす》んだフェラーリに乗《の》せなかったこと？」ってね。

えっ。ウソでしょ！

ウソじゃないよ。いってやった。

サラはなんて？

なんにもいわなかった。超《ちょう》キレて、
いきなり立《た》ちあがってアナベルがすわってる
テーブルのほうに行《い》った。

え―――――っ！

そう！　しかもアナベルは、
自分《じぶん》のテーブルにすわらせてやったんだよ！

ふーん。ってことは、学校《がっこう》に正式《せいしき》に
“反《はん》オリヴィア”のテーブルができたってことだね。

ま、カンケーないじゃん。
ジェノヴィアのプリンセスなんだからさ！

うん。あ、そうだ！　お姉《ねえ》ちゃんが結婚《けっこん》
するんだけど、この夏《なつ》のロイヤルウエディングで、
介添《かいぞ》え人《にん》をしてってたのまれたんだ！

☺☺☺☺☺☺☺☺☺☺!!!!

しかも、ニシも招待《しょうたい》されてるんだからね。

♡☺☺☺♡☺☺☺♡☺☺☺♡!!!!

あと、まだあるの。パパから、いっしょに
ジェノヴィアに住《す》まないかってきかれた！

X_X←これ、いまのあたし。即死《そくし》した。
マジ、よかったじゃん。うれしすぎて即死《そくし》。

ダメーッ。死《し》なないで！
まだいろいろ助《たす》けてもらいたいんだから！
ニシはプリンセスのエキスパートでしょ。

うん、まあね。あと、こうやってメール
できるようになったのはよかったけど、
やっぱり会《あ》えなくなるのはさみしい！

あたしだってさみしいよ！　だけどパパが、
いつでも遊《あそ》びにきてって！　家族《かぞく》もいっしょに
どうぞ、だって。王室専用機《おうしつせんようき》を出《だ》してくれるから、
旅費《りょひ》もかかんないよ！

♡☺♡☺♡☺♡☺♡☺♡☺♡☺♡!!!!

じゃ、来《き》てくれるんだよね？

もちろんっ！　お城《しろ》のなかって、ずっと
見《み》てみたかったんだよねーっ。ホンモノのお城《しろ》。
ディズニーワールドの美女《びじょ》と野獣《やじゅう》のとかじゃなくて。

うん、これで、お城《しろ》に入《はい》れるね。
あたしたちふたりとも、入《はい》れるよ！

超《ちょう》サイコー！　ママにきいてみよう。ま、いいって
いうに決《き》まってるけど。だって、ジェノヴィアは
人権侵害《じんけんしんがい》とかしてないし、女性《じょせい》を（クァリフみたい
に）下級市民《かきゅうしみん》みたいに扱《あつか》ってないから！

ああ、よかったーっ！　あっ、ごめん、ホテルに着《つ》いちゃった！　またあとでメールする！

あとでね、殿下《でんか》！

クランブルック もとの部屋《へや》

もとの自分《じぶん》の部屋《へや》にすわって泣《な》きながら書《か》いてる。

だから、ページにしみがついてたら、それは涙《なみだ》のあと。しかも、スノーボールがしきりにあたしの涙《なみだ》をなめようとしてくるから、くしゃってなってるのは、スノーボールの足《あし》あと。

だけど、ほとんどは涙《なみだ》のあと。

泣《な》いてるのは、バーグドルフ・グッドマンからホテルにもどったとき、おそろしいことが起《お》きたから。

パパが悪《わる》いんじゃない。パパは、できるだけのことをしてくれた。

だけどたまに、いくらプリンセスといっても、思《おも》いどおりにいかないことがある。たまに、頭《あたま》をいくらつかっても、きれいな服《ふく》を着《き》てても、世界《せかい》じゅうのボディガードがついてても、どうにもならないことがある。

おばあさまとミアといっしょにリビングに入《はい》っていって、

めちゃくちゃビックリした。キャサリンおばさんとリックおじさんが、パパといっしょにすわってたから。

頭《あたま》のすみっこのほうでぼんやり思《おも》った。

おばさんとおじさんはあたしに、やっとパパに会《あ》えてよかったねっていいにきてくれたのかも。プリンセスだってわかったお祝《いわ》いをいいにきてくれたのかも。

そのとき、アナベルのお父《とう》さんのジェンキンズさんがいっしょにすわってるのに気《き》づいた。

で、イヤな予感《よかん》がした。

そして、その予感《よかん》は正《ただ》しかった。

リックおじさんが立《た》ちあがって、超《ちょう》イジワルな声《こえ》でいった。

「ああ、やっと帰《かえ》ってきたか。オリヴィア、したくをしなさい。すぐに家《いえ》に帰《かえ》るぞ」

そうなの。「やあ、オリヴィア、元気《げんき》だったか」でも、「ああ、オリヴィア、会《あ》えてうれしいよ」でもない。ただ、「したくをしなさい。すぐに家《いえ》に帰《かえ》るぞ」って、それだけ。

「あ、えっと、今日学校《きょうがっこう》を休《やす》んじゃったけど、届《とどけ》は出《だ》してるから。おばあさまが電話《でんわ》をかけて……」

「どうでもいい。さっさとしたくをしろ」

「リック、そんなふうに……」

するど、おじさんはおばさんに、だまれ、といった。そもそもおまえが〝バカだから〟

キャサリンおばさんが口《くち》をひらいた。なんか、ずっと泣《な》いてたみたいな顔《かお》だ。

プリンセス・ミアに学校《がっこう》から連《つ》れだされるなんてことになったんだ、って。

するとパパが立《た》ちあがって、おばさんにだまれっていったことに対《たい》して、おじさんに超《ちょう》きびしいことをいった。

ミアがあたしの手《て》をとって、「あっちに行《い》きましょう」っていって、あたしたちはバルコニーに出《で》た。

ミアはセントラルパークのなかをいろいろ指《ゆび》さして説明《せつめい》してくれたけど、それってぜったい、部屋《へや》のなかの話《はなし》をあたしにきかせないようにしてるんだろうなと思《おも》った。

「あたし、迷惑《めいわく》かけてる？」

あたしは心配《しんぱい》になってミアにたずねた。

すると、ミアはビックリした顔《かお》をした。

「オリヴィアが？　まさか！　ただの大人《おとな》の話《はなし》よ。心配《しんぱい》することないわ」

大人《おとな》にこのセリフをいわれるの、大《だい》キライ。子《こ》どもにはわかりっこない、みたいな。だって、あたしのことでもめてるのはミエミエなんだから、何《なに》がどうなってるのか知《し》る権利《けんり》がある。

「だけど、どうしてリックおじさんはあんなに怒《おこ》ってるの？　あと、どうしてジェンキンズさんがいるの？　キャサリンおばさんが、あたしをいっしょにニューヨークに連《つ》れてってもいいっていう許可書《きょかしょ》を書《か》いてくれたんじゃなかったの？」

「そうよ。書《か》いてくれたわよ。だけど、ちょっといろいろめんどうなことが出《で》てきちゃって……」

ミアはため息《いき》をついた。

それから説明《せつめい》してくれた話《はなし》をきいて、あたしはランチに食《た》べたものをぜんぶ吐《は》きそうになった（ランチはおばあさまがお気《き》に入《い》りだというフォーシーズンズっていうレストランだったけど、ぜんぜんシーズン感《かん》のあるお料理《りょうり》じゃなかった。夏《なつ》のスイカ、秋《あき》のパンプキンパイ、冬《ふゆ》のビーフシチュー、春《はる》のイースターうさぎチョコレート、なんてのを期待《きたい》してたから、ガッカリ）。

どうやら、おじさんたちのことはニシのいうとおりだったみたい。しかも、フェラーリ二台《にだい》だけのことじゃない。

あたしが一度《いちど》も連《つ》れていってもらえなかったニューヨークへのお出《で》かけ。ケータイやらパソコンやら、あたし以外全員《いがいぜんいん》の部屋《へや》にあるうす型《がた》のテレビ。もちろん、あたしがずっと飼《か》いたかったのに禁止《きんし》されてたペットに汚《よご》されるのをおそれてたゴージャスなカーペット。

そういうの、ぜんぶ。ぜんぶ、おじさんたちが盗《ぬす》んだんだ。あたしから。

ミアは、おそるおそるつづけた。

「まだ証拠《しょうこ》があるわけじゃないの。ジェノヴィア王室警護隊《おうしつけいごたい》が、まだ調査中《ちょうさちゅう》なのよ。オリヴィアがパパへの手紙《てがみ》で、クァリフに引《ひ》っ越《こ》すことを伝《つた》えたでしょう？　それではじめて、おかしいって疑《うたが》いだしたの。おばさんとおじさんはオリヴィアに送《おく》ったお金《かね》を自分《じぶん》たちの事業《じぎょう》のためにつかってたんじゃないかっていうのが、こちら側《がわ》の考《かんが》えよ。そんなのぜったたいに許《ゆる》せることじゃないし……」

そのとき、何《なに》かがぐらりと動《うご》いて、なんだか、ダコタ先生《せんせい》がずっといってた遠近法《えんきんほう》ってなんなのか、やっと理解《りかい》できた気《き》がした。

あたらしい情報《じょうほう》が消失点《しょうしつてん》みたいに作用《さよう》して、ふいに、おばさんとおじさんについて知《し》ってることがぜんぶ、ずらりと一列《いちれつ》になって、真実《しんじつ》が見《み》えてきた。

あんまりうれしい真実《しんじつ》じゃない。ずっと目《め》をそむけて気《き》づかないフリをしてた真実《しんじつ》だ。

「それで、あたしを家《いえ》にもどそうとしてるんだ？　パパが毎月《まいつき》あたしに送《おく》ってくれてたお金《かね》を失《うしな》いたくないからだよね」

あたしは、ミアのほうを見《み》あげてたずねた。するとミアは、すかさず返事《へんじ》をした。

「ちがう。そんなんじゃない。おばさんはオリヴィアのことをとっても愛《あい》して……」

あたしは首《くび》を横《よこ》に振《ふ》った。キャサリンおばさんがあたしを愛《あい》してる？　たしかに、そう見《み》えるように努力《どりょく》はしてたかもしれない。食《た》べものも服《ふく》も用意《ようい》してくれたし、見《み》てくれのいい家《いえ》に住《す》ませてくれた。

だけど、もし愛《あい》してるなら、なんで一度《いちど》もハグしてくれたことがないの？

パパとミアと一日《いちにち》いっしょにいただけで、もうおばさんといた何年《なんねん》ぶんよりもたくさん、ハグしてもらってる。

もちろん、グルテンもたくさん摂取《せっしゅ》した。

だけど、そこのところはだまっておこう。かわりに、あたしはいった。

「だったらどうして、ジェンキンズさんもいっしょに来《き》てるの？」

「数日前《すうじつまえ》、おじさんたちはジェンキンズさんに弁護《べんご》をお願《ねが》いしたみたい。パパから、オリヴィアをクァリフに連《つ》れていく権利《けんり》はないはずだって、いわれたから」

そっか、そういうことだったんだ……だからアナベルは、あたしがプリンセスだって話《はなし》をお父《とう》さんがしてるのを立《た》ち聞《ぎ》きしたんだ。

「でもね、まだ法律上《ほうりつじょう》の親権《しんけん》をもっているのはおばさんだから……」

ミアはそういって、部屋《へや》につづくドアのほうを心配《しんぱい》そうに見《み》つめた。

「だから、おばさんの気《き》が変《か》わって、オリヴィアをもうわたしたちのところにはいさせないっていいだしたら、わたしたちにはなんにもできないの……少《すく》なくとも、いますぐには。だけど、約束《やくそく》する。パパは、オリヴィアの親権《しんけん》を得《え》るまでは、ぜったいにあきらめないから。ただちょっと……」

自分《じぶん》でも何《なに》がどうなったのかわかんないけど、ふいにきいたこともないような声《こえ》が出《で》た。

「いやー────っ！」

あたしはテラスから部屋《へや》のなかにかけこんで、パパに抱《だ》きついて叫《さけ》んだ。

「イヤ！　あたし、ニュージャージーにはもどらない！」

パパはあたしをぎゅっとして、美容院《びよういん》に行《い》ったばかりの頭《あたま》をぽんぽんして、かがみこんでささやいた。

「オリヴィア、だいじょうぶだ、勇気《ゆうき》を出《だ》して。いますぐとはいかないが、かならず解決《かいけつ》策《さく》を見《み》つけるから。何《なに》もかも、ちゃんとする」

勇気《ゆうき》？　プリンセスって何《なに》かといえば勇気《ゆうき》を出《だ》せっていわれて、それでも本《ほん》や映画《えいが》では最後《さいご》はうまくおさまるけど、それってたいてい光線銃《こうせんじゅう》とか魔法《まほう》とかが助《たす》けてくれるからだ。現実《げんじつ》には魔法《まほう》はない。光線銃《こうせんじゅう》もない。どんなに頭《あたま》をつかっても、法律《ほうりつ》にそむいてだいじょうぶな方法《ほうほう》なんて見《み》つからない。

たとえば、法律上《ほうりつじょう》の親権《しんけん》をもってる人《ひと》──キャサリンおばさんとか──が、権利《けんり》を主張《しゅちょう》してるときとか。

いますぐじゃないって、じゃあ、どれくらい？　だれも教《おし》えてくれない。

ひとつだけよかったのは、おばあさまにおわかれのハグをしに行《い》ったとき、おばあさまがいったこと。

「忘《わす》れものですよ」

そういっておばあさまは、リードをつけたスノーボールをあたしに抱《だ》っこさせてくれた。すでに泣《な》いてたけど、これでもう、ギャン泣《な》き。

「だって、おばあさま、スノーボールはおばあさまの犬《いぬ》だよ。あたしのじゃないよ！」

「何《なに》をいいますか。もうあなたの犬《いぬ》ですよ。あなたのことが大好《だいす》きなのですから。そばにいなかったら、どんなに悲《かな》しむやら」

リックおじさんが、アレルギーがどうとかこうとかいおうとしたけど、おばあさまにギロッとにらまれて、口《くち》をつぐんだ。そして何《なに》もいわないまま、自分《じぶん》の車《くるま》に乗《の》った。

おじさんがやっと口《くち》をひらいたのは、この車《くるま》はあとをつけられてる、っていいだしたとき。

振《ふ》りかえって見《み》たけど、おじさん何《なに》いっちゃってんの、と思《おも》った。おばさんも、バカなことをいわないでといった。ホテルも通用口《つうようぐち》から出《で》て、正面《しょうめん》で待《ま》ってる記者《きしゃ》たちに見《み》られないようにしたし、そこから車《くるま》まで歩《ある》いたのに、って。おじさんが駐車場代《ちゅうしゃじょうだい》を払《はら》おうとしないせいで四《よん》ブロック先《さき》に車《くるま》をとめてあったから、って。それにあたしは、パパの古《ふる》いスキー帽《ぼう》をかぶって変装《へんそう》してたからだれにも気《き》づかれなかったはずだ、って。あと、頭《あたま》が痛《いた》い、って。

で、あたしはもとの家《いえ》のもとの部屋《へや》にもどってきた。

なんか何《なに》もかも夢《ゆめ》だったんじゃないかって気《き》がしてる。現実《げんじつ》だって思《おも》えるたったひとつの証拠《しょうこ》は、このノートをめくれば書《か》いたこと（あと、描《か》いた絵《え》）が目《め》に入《はい》ること。

あとはもちろん、スノーボール。いまは、あたしのひざの上《うえ》で寝《ね》てる。

まあ、あとはサラもいる。しょっちゅうあたしの部屋《へや》に顔《かお》を出《だ》しては、パパラッチが撮《と》ったあたしの写真《しゃしん》をケータイで見《み》せてくる（あたしのケータイはおじさんにとりあげられた。あたしがもってると〝安全《あんぜん》〟じゃないとかいって。慣《な》れないとハッキングされるかもしれないからしばらくあずかっておく、って）。

ジャスティンはひたすら、リムジンの乗《の》り心地《ごこち》はどうだったか、ってきいてくる。

「よかったよ。好《す》きなだけソーダ飲《の》めたし」

「ソーダなんかデブるぜ」

「へーえ、経験者《けいけんしゃ》は語《かた》る、か」

「オレのどこがデブなんだよ？」

「頭《あたま》に脂肪《しぼう》がついてる」

「おまえ、自分《じぶん》はスゲエとでも思《おも》ってんだろ？　プリンセスだからってよ」

「ううん。あたしは、あたしだからすごいんだよ」

「ふざけんな。それ以上《いじょう》ナマイキいったら、明日《あした》、ひどい目《め》にあわせてやる」

「ふざけないで。でなかったら、いつか、牢屋《ろうや》に入《い》れてやるから。二度《にど》と外《そと》に出《で》られなくて、見《み》つかったときには骨《ほね》だけになってるだろうね」

ジャスティンは、ぜんぜんこわがってない。スノーボールがあたしの涙《なみだ》をぺろぺろなめてるのを見《み》て、いった。

「犬《いぬ》は、ケツより口《くち》にばい菌《きん》がたくさんついてるんだぜ」

そういって、出《で》ていった。

人《ひと》のことをウザいなんていっちゃいけないのはわかってるけど、ジャスティンってほんとにウザい。

サラはべつに、ウザくない。あたしのあたらしい髪型《かみがた》をほめてくれた。ミアがパオロ――おばあさま専属《せんぞく》の美容師《びようし》――に許可《きょか》を出《だ》して、スパイラルカールをしてもらった。

「もともとの髪質《かみしつ》を生《い》かして、いいカンジにまとまってるわね」

もしかして明日《あした》の朝起《あさお》きたら、これは悪夢《あくむ》だったたってことになるかも。で、あたしはプラザホテルの客室《きゃくしつ》にもどってるかも。

ま、そんなことないのはわかってるけど。

生物《せいぶつ》の授業中《じゅぎょうちゅう》

悪夢《あくむ》じゃなかった。まだクランブルックにいる。

なんか、めちゃくちゃミョーな気分《きぶん》。みんながあたしをじろじろ見《み》てる。

まあ、しょうがないのかも。今朝《けさ》、あたしが自分《じぶん》のロッカーのほうに歩《ある》いていったとき、何《なに》があったかを考《かんが》えたら……。

いちばん会《あ》いたくない人《ひと》——アナベル・ジェンキンズ——が、ロッカーの前《まえ》であたしを待《ま》ちかまえてた。イジワルそうに目《め》をほそーくして。

そのまま回《まわ》れ右《みぎ》をして、学校《がっこう》から出《で》ていこうかと思《おも》った。だけど、ニシがそばにいたからできなかった。ニシはあたしが何《なに》を考《かんが》えてるか気《き》づいたらしく、あたしの腕《うで》をとって、小声《こごえ》でいった。

「心配《しんぱい》いらないよ。だいじょうぶだから」

ま、だいじょうぶじゃなかったけど。

「あーら、だれがまいもどってきたかと思《おも》えば。ジェノヴィアのプリンセス、オリヴィア殿下《でんか》じゃないこと？」

すでにみんながあたしのことをチラ見《み》してるのはわかってたけど、アナベルがけらけら笑《わら》い声《ごえ》をあげると、ガン見《み》になった。

そしてもちろん、そのあともっとひどいことが起《お》きた。

「ねえ、アナベル、あたしたち、ふつうに仲《なか》よくやれない？」

あたしは、ロッカーのダイヤルキーをまわしながらいった。

「それって、おたくのパパの有名《ゆうめい》なジェノヴィア外交政策《がいこうせいさく》のひとつ？」

「ううん。心《こころ》からたのんでるの」

「心《こころ》からたのんでる……」

アナベルはくりかえすと、まわりに立《た》って見《み》てる友《とも》だちみんなの目《め》を意識《いしき》して、わざとげらげら笑《わら》ってみせた。

「キャーッ、〝プリンセス〟ってば、おっしゃれー。〝プリンセスヘア〟じゃないーっ」

あたしは、ほめられたらどう返《かえ》せばいいかってミアに教《おそ》わったのを思《おも》い出《だ》して、とっておきのお行儀《ぎょうぎ》のいい声《こえ》でいった。

「ありがとう、アナベル」

アナベルが笑《わら》うのをやめた。

「はあ？　バッカじゃないの。冗談《じょうだん》に決《き》まってるでしょ。その髪型《かみがた》、ダサッ」

おっと。それはさすがに、何《なに》いっちゃってんの、だ。あたしの髪型《かみがた》は、かなりカッコいい。いくらアナベルでも、それはわかるはず。

「ちょっと、アナベル、あんたってどうしていつもそうなの？」

ニシがあたしをバックアップしてくれる。

「うるさいわね、ひっこんでなさいよ。これは、わたしとプリンセスとのあいだのことなの」

「アナベル、あたし、けんかしたくないんだけど」

あたしはいった。

「いまさら遅《おそ》いわよ。あんたとわたしの一対一《いったいいち》の対決《たいけつ》よ。それにきいた話《はなし》だと、ミアお姉《ねえ》さまも今回《こんかい》はすぐに助《たす》けにきてはくれないみたいだし」

「ね、アナベル、あたしが何《なに》したっていうの？」

いいかげん、うんざりだ。ただでさえ、この四十八時間《よんじゅうはちじかん》で、いろんなことがあったし。

「はあ？　何《なに》いってるの？　知《し》らないとはいわせないわよ」

アナベルは、眉《まゆ》を寄《よ》せていう。

「知《し》らない。ホントに、なんのことかわかんない」

「よくいうわ、さすがプリンセスね。自分《じぶん》のほうがわたしよりエラいとでも思《おも》ってるんでしょ？」

アナベルが、かみつくようにいう。そして、あたしを押《お》した。ドンッとロッカーのほうに。この一週間《いっしゅうかん》で二度目《にどめ》だけど、このまま死《し》ぬかと思《おも》った……。

……そのとき、ジェノヴィアのボディガードのお姉《ねえ》さんがどこからともなくあらわれて、アナベルを壁《かべ》にべたっと押《お》しつけた。そして、無線《むせん》にむかっていった。

「こちら廊下A地点《ろうかエーちてん》。廊下A地点《ろうかエーちてん》にてプリンセスに緊急事態発生《きんきゅうじたいはっせい》」

とっさに思《おも》ったのは、「へ？　どこから来《き》たの？」だった。

だけどそのときにはもう、ジェノヴィア王室警護隊《おうしつけいごたい》の小隊《しょうたい》がわらわらあらわれて、泣《な》きわめくアナベルを校長室《こうちょうしつ》へと引《ひ》っぱっていった。

「わざとじゃないのに！　わざとやったんじゃないのよ！　オリヴィアとわたし、友《とも》だちなのよ。本人《ほんにん》にきいてみなさいよ。オリヴィアとわたし、親友《しんゆう》なんだから。ただ、じゃれ合《あ》ってて……」

アナベルはわめいてる。

ボディガードのお姉《ねえ》さんはあたしのほうを振《ふ》りかえった。ポニーテールがさっと揺《ゆ》れる。

「ふたりはお友《とも》だちですか？」

ううう……なんか、ついアナベルに同情《どうじょう》しちゃう。

だって、ニシがいってたとおりだって気《き》がしてきたから。アナベルは、超不安定《ちょうふあんてい》だって。

絵《え》を描《か》くために野生動物《やせいどうぶつ》を調《しら》べてて知《し》ったんだけど、動物《どうぶつ》が攻撃的《こうげきてき》になるのは、自分《じぶん》の立場《たちば》があやういと思《おも》ったとき（や、食《た》べるための獲物《えもの》をさがしてるとき）なんだって。

それにアナベル、警護隊《けいごたい》につかまったとき、すごくこわがってるように見《み》えた。

だけどやっぱり、あたしだってロッカーのほうに押《お》されたとき、こわかったもん。

あたしは首《くび》を横《よこ》に振《ふ》った。

「いいえ、友《とも》だちじゃありません」

ボディガードのお姉《ねえ》さんはうなずいて、「やっぱりね」というと、今度《こんど》はほかの警護隊《けいごたい》の人《ひと》たちにむかってうなずいた。アナベルは泣《な》きながら、連《つ》れていかれた。

ニシが手伝《てつだ》ってくれて、あたしはアナベルに押《お》されたときにバインダーからこぼれ落《お》ちたものを拾《ひろ》い集《あつ》めた。

「スゴかったね。あんなクールなシーン、見《み》たことないよ」

ニシがいう。

「どこが？　ぜんぜんクールじゃないよ」

あたしは首《くび》を横《よこ》に振《ふ》った。

「まあね。アナベルがしたことはぜんぜんクールじゃないけど。でも、気《き》にしないほうがいいよ。プリンセスだと、そういうのってつきものだから。っていうか、少《すく》なくともアナベルとおなじ学校《がっこう》に通《かよ》ってるプリンセスには。だけど、そっちじゃなくて、あのボディガードだよ！　めっちゃクールじゃん。いったいどっから来《き》たの？　オリヴィア、いってなかったっけ？　おばさんとおじさんが、プリンセス扱《あつか》いはさせないようにしたって」

「うん、そうだけど。でも、きのう帰《かえ》るとき、おじさんがあとをつけられてるっていってた」

「王室《おうしつ》のスパイがつけてたんだね！　めっちゃカッコいいじゃんっ！　あたしも、クールな王室《おうしつ》のボディガードにひそかに守《まも》られてみたいーっ！」

ニシは、うれしそうにあたりを見《み》まわした。あたしは、バインダーをかかえていった。

「まあね。自分《じぶん》の身《み》に起《お》きたんじゃなければ、よく見《み》えるんだろうね」

午後三時《ごごさんじ》にも、ボディガードの人《ひと》たちがそばにいてくれますように。

アナベルに襲撃予告《しゅうげきよこく》されてる時間《じかん》だ。

社会科《しゃかいか》の授業中《じゅぎょうちゅう》

ランチのとき、だれがあたしのテーブルにすわるかの争《あらそ》いが起《お》きた。なぐるける、とかじゃないけど、押《お》したり突《つ》き飛《と》ばしたり。

ニンジャみたいな王室専属《おうしつせんぞく》ボディガードがどこからともなくあらわれた一件《いっけん》とおなじで、カッコいいみたいにきこえるかもしれないけど、ぜんぜんちがう。あたしはふつうに、いつもの友《とも》だちといっしょにすわりたかった。ニシとか、ふたごのネタとクエッタとか、ベス・チャンドラーとかと。

だけど、いつもならあたしの近《ちか》くにすわろうともしない人《ひと》たち（ジャスティンとその仲間《なかま》とか）が、ひじで押《お》して場所《ばしょ》とりしてるんだもん！

それに、気《き》づいちゃったんだけど、ジャスティンってば、あたしの近《ちか》くにすわる**チケットを売《う》ってるの！**

テーブルのたった十八《じゅうはち》センチぶんのスペースが、なんと八《はち》ドル〈約《やく》880円《えん》〉！

どうしても信《しん》じられない。あの義理《ぎり》のいとこが、学校《がっこう》では口《くち》をきくなとまでいってたのに、あたしの近《ちか》くにすわるチケットを売《う》るなんて。

しかも、ぜんぶ自分《じぶん》がせしめるつもりみたい。その件《けん》は、いかにもだ。

ジャスティンのケチは、お父《とう》さんゆずり。

だけど、セーフだった。ブッシー校長《こうちょう》が気《き》づいたから（あたしのテーブルにすわる争《あらそ》いがあんまり過熱《かねつ》してたから。サビーン——あたしのパーソナルボディガードで、例《れい》のポニーテールのお姉《ねえ》さん——がずっとけ散《ち》らそうとしてた）。

あたしの（これまでの）人生《じんせい》のサイコーの瞬間《しゅんかん》ベスト5は、こんなカンジ。
1. はじめてパパに会《あ》ったとき
2. パパに「いっしょにジェノヴィアに住《す》もう」っていわれたとき
3. 絵画教室《かいがきょうしつ》から電話《でんわ》がかかってきて、カメのティピーがとても上手《じょうず》に描《か》けてるから奨学金《しょうがくきん》を出《だ》すっていわれたとき

4. アナベル・ジェンキンズになぐられそうになったときに、顔《かお》をあげたら、リムジンの前《まえ》にプリンセス・ミアが立《た》ってたとき

5. ブッシー校長《こうちょう》がジャスティンにずんずん近《ちか》づいていって、首根《くびね》っこをつかまえて、「これはどういうことだ?」とみんなの前《まえ》で大声《おおごえ》でいって、お金《かね》がジャスティンのポケットからはらはら落《お》ちて、ベス・チャンドラーがぜんぶ動画《どうが》を撮《と》ってて、あとで自《じ》分《ぶん》のお姉《ねえ》ちゃんがもってるYouTube《ユーチューブ》のチャンネルに投稿《とうこう》するっていったとき

で、ジャスティンは校長室送《こうちょうしつおく》りになった。スバラシイ。

こっちはいいニュース。

悪《わる》いほうのニュースは、アナベル・ジェンキンズのお父《とう》さんが学校《がっこう》を訴《うった》えるっておどしてきたことと。

で、ブッシー校長《こうちょう》はアナベルにバツだけつけて解放《かいほう》した。

しかも、〝この件《けん》に決着《けっちゃく》がつくまで〟サビーンもジェノヴィア王室警護隊《おうしつけいごたい》も、学校《がっこう》の敷《しき》地内《ちない》にいるあいだはアナベルの半径十《はんけいじゅう》メートル以内《いない》に近《ちか》づいてはいけない、とまでいいだ

した。

たぶんブッシー校長《こうちょう》は、駐車場《ちゅうしゃじょう》であたしといっしょに自撮《じど》りしようとしてラーズにとめられたことを、まだ根《ね》にもってるんじゃないかな。

ってことは、三時《さんじ》になって、校庭《こうてい》に出《で》てバスを待《ま》つとき、勇気《ゆうき》を出《だ》してき然《ぜん》としてなきゃいけない。パパがいってたみたいに。

あたしのパンチがアナベルよりもすばやいことを祈《いの》るのみ。

Friday, May 8
3:45 P.M.

5月《がつ》8日《か》 金曜日《きんようび》
午後《ごご》3時《じ》45分《ふん》

クランブルック 自分《じぶん》の部屋《へや》

あたしのパンチ、すばやくなかった。

アナベルのパンチが飛《と》んできたのも、わかんなかった。目《め》と目《め》のあいだに当《あ》たったとき、あたしはあっけなくノックダウンされた。

あおむけになったまま、チカチカする目《め》で空《そら》を見上《みあ》げながら、昼間《ひるま》なのにどうしてこんなにたくさん星《ほし》が出《で》てるんだろうと思《おも》ってた。アナベルのイジワルな顔《かお》のつぎに見《み》えたのは、サビーンの顔《かお》。あたしのほうにかがみこんでいってる。

「プリンセス？　プリンセス・オリヴィア？　わたしが出《だ》している指《ゆび》が何本《なんぼん》か、おわかりになりますか？」

「二本《にほん》」

ヘンな声《こえ》が出《で》た。

サビーンはハッキリとうなずいた。ポニーテールがぶんっと揺《ゆ》れる。そしていった。

「ご安心《あんしん》ください。自己防衛《じこぼうえい》のスキルを磨《みが》く必要《ひつよう》があることがはっきりしましたね」

「教《おし》えてくれる？」

サビーンはにっこりした。笑《わら》うとこ、はじめて見《み》た。

それからサビーンは、ヘッドセット〈イヤホンとマイクが一体《いったい》になった装置《そうち》〉にむかって指示《しじ》を出《だ》した。

「プリンセスは無事《ぶじ》。車《くるま》をこちらにまわす手配《てはい》を」

つぎに、義理《ぎり》のいとこのジャスティンの顔《かお》があらわれた。

「もう立《た》ちあがってもだいじょうぶだぜ。アナベルはいねえから」

だけど、地面《じめん》にあおむけになってるほうがずっとラク。だから、あたしはそのまま寝《ね》てた。星《ほし》がぐるぐる目《め》の前《まえ》でまわってる。

「出血《しゅっけつ》しているわ！」

ききなれた声《こえ》がする。たぶん、ダコタ先生《せんせい》だ。

だれのことだろう？　だれか出血《しゅっけつ》してるの？

すると、ニシの声《こえ》がした。

「警護隊《けいごたい》の人《ひと》が、救急箱《きゅうきゅうばこ》をとりに行《い》ってます。オリヴィア、起《お》きあがれる？　ね、みんな、手《て》を貸《か》して」

そして、ニシとベス・チャンドラーとふたごが、あたしを立《た》たせてくれた。

目《め》の前《まえ》のぐるぐるがおさまると、たくさんの人《ひと》が集《あつ》まってこっちを見《み》つめてるのに気《き》づいた。

ダコタ先生《せんせい》が自分《じぶん》のバッグからティッシュを出《だ》して、あたしの鼻《はな》にあてた。なんか、鼻《はな》血《ぢ》が出《で》てたみたい。たくさん。

「オリヴィア、前《まえ》かがみになってみて。そして、鼻《はな》をつまんで」

ダコタ先生《せんせい》がやさしい声《こえ》でいう。

いわれたとおりにすると、目《め》の前《まえ》の星《ほし》がやっと消《き》えて、空《そら》もふつうの青《あお》にもどった。

ジャスティンがいう。

「なかなかうまくやったな。死《し》んだフリして。アナベルはビビッて逃《に》げてったぜ。ま、半《はん》ブロック先《さき》でおまえんとこのチンピラたちにつかまったけどな。いまごろ、少年院《しょうねんいん》に入《い》れられてるんじゃねえの」

「マジで役立《やくた》たず！　よくもぼーっと立《た》ってたよね！　なんでとめなかったの？」

ニシがジャスティンにどなる。

「オレのケンカじゃねえし」

ジャスティンは、意外《いがい》なことをいわれたみたいにいった。

「ママに殺《ころ》されちゃうわよ。血《ち》だらけじゃない」

サラが、あたしのシャツを指《ゆび》さしていう。

見《み》おろすと、真《ま》っ白《しろ》だったシャツに真《ま》っ赤《か》なしみがべとっとついてる。

ニシがサラをギロッとにらんでいった。

「気《き》にすることないよ。ダコタ先生《せんせい》がいってたみたいに、鼻《はな》つまんでなよ」

「そうよ、オリヴィア、まだ鼻血《はなぢ》が完全《かんぜん》にとまってないから」

ダコタ先生《せんせい》がいう。

あ、そういうこと。鼻《はな》からつーっと出《で》てたのは、鼻水《はなみず》じゃなくて血《ち》だったんだ。

「いったいなんの騒《さわ》ぎだ？　どうして集《あつ》まって突《つ》っ立《た》っている？　どうしてだれもバスに乗《の》らない？」

校舎《こうしゃ》のドアがバタンとあいて、ブッシー校長《こうちょう》の声《こえ》がひびく。

「見《み》ればわかるのではありませんか？　なんの騒《さわ》ぎだと思《おも》います？」

ダコタ先生《せんせい》がぴしゃりという。

ダコタ先生《せんせい》がティッシュをまだあたしの鼻《はな》に押《お》しあててるから頭《あたま》を動《うご》かせないけど、ブッシー校長《こうちょう》の声《こえ》からして——急《きゅう》にめちゃくちゃ小《ちい》さくなった——あたしのシャツの血《ち》に気《き》づいたらしい。

「え、まさか……？」

「そのまさかです」

ダコタ先生《せんせい》がいう。ブッシー校長《こうちょう》がいった。

「オリヴィア、あ、いえ、その、殿下《でんか》……ひと言《こと》……ひと言《こと》、おわびをいわせてほしい。まさか、彼女《かのじょ》がそこまでするとは思《おも》っていなかったものだから」

ミアやおばあさまやパパや、あとニシにまで、プリンセスとはどういうものか、教《おそ》わった。プリンセスは決《けっ》して無礼《ぶれい》であってはいけないし、人《ひと》をうらんでもいけない。心《こころ》からあやまられたら、許《ゆる》さなきゃいけない。

そこであたしは、ブッシー校長《こうちょう》にうなずいて——鼻《はな》をつまんだままでせいいっぱい上品《じょうひん》に——いった。

「だいじょうぶです」

脳《のう》しんとうとかは起《お》こしてないから、目《め》の錯覚《さっかく》じゃないと思《おも》うけど、ブッシー校長《こうちょう》がほっとしたように見《み》えたし、ダコタ先生《せんせい》はえらいわというふうににっこりした。

あなたのような生徒《せいと》をもって誇《ほこ》りに思《おも》うわ、みたいに。

まあ、今日《きょう》の美術《びじゅつ》の時間《じかん》でもおなじことといわれたんだけど。遠近法《えんきんほう》がめざましく進歩《しんぽ》した、って。

「ね、オリヴィア？　もう行《い》かなくちゃ。バスが出《で》ちゃうわ」

サラが心配《しんぱい》そうな声《こえ》でいう。たぶん、アナベルといっしょにランチを食《た》べるようにしたことを後悔《こうかい》しはじめてるんじゃないかな。

「バス？　とんでもない。プリンセス・オリヴィアはバスには乗《の》りません」

サビーンが、ふざけんなって顔《かお》でいった。

そして、あたしの腕《うで》をつかんで引《ひ》っぱり、集《あつ》まってる人《ひと》たちからはなれさせた。

ビックリだけど、黒塗《くろぬ》りの大《おお》きな車《くるま》が三台《さんだい》――どれも窓《まど》にスモークが貼《は》ってあって、ジエノヴィアのミニ国旗《こっき》が立《た》ってる――あたしを待《ま》ちかまえてるだけじゃなくて、パパラッチがたくさん集《あつ》まってた。パパラッチの前《まえ》には、木製《もくせい》のバリケードが立《た》ってる。パパラッチを学校《がっこう》の敷地内《しきちない》に入《い》れないために立《た》てたらしい。

だけど、バリケードくらいじゃ、望遠《ぼうえん》レンズで写真《しゃしん》を撮《と》るのは防《ふせ》げない。やれやれ。あの人《ひと》たちがひとり残《のこ》らず、あたしがアナベル・ジェンキンズに鼻《はな》をぶんなぐられた写真《しゃしん》をアップで撮《と》ってるってわけ。

「あの車《くるま》、あたしのために？」

あたしはサビーンにたずねた。さっさとあのうちの一台《いちだい》に飛《と》び乗《の》って、できるだけ早《はや》くこの場《ば》を立《た》ち去《さ》りたい。これ以上《いじょう》、恥《は》ずかしい写真《しゃしん》を撮《と》られないうちに。

「警護隊《けいごたい》のスタッフが乗《の》っています」

「あ、ありがとう」

まんなかの車《くるま》に近《ちか》づいていくと、サビーンが助手席側《じょしゅせきがわ》のドアをあけてくれた。クランブルック中学《ちゅうがく》のほうを振《ふ》りかえると、校庭《こうてい》にいるみんながまだこっちをながめてた。

これってもしかして、ミアに教《おそ》わったレッスンを実践《じっせん》するいいチャンスかも。

まだ鼻《はな》がズキズキしてたけど、レポーターたちに、アナベルにやられっぱなしと思《おも》われたくない。だから、まだ鼻《はな》をつまんでたし、ダコタ先生《せんせい》にもらったティッシュで押《お》さえたままだったけど、あたしはクランブルック中学《ちゅうがく》のみんなにむかって、にっこり笑《わら》って手《て》を振《ふ》る〝お手振《てふ》り〟をした。なんとも思《おも》ってないから、と伝《つた》わるように。

みんな一瞬《いっしゅん》、ぽかんとした顔《かお》をした。だけど、手《て》を振《ふ》りかえしてくれる人《ひと》もいた（あともちろん、ケータイで写真《しゃしん》を撮《と》る人《ひと》も）。

ただしニシだけは、超心配《ちょうしんぱい》そうな顔《かお》をしてる。あたしは笑顔《えがお》をはりつけたまま、サビーンにいった。

「あ、あの、友《とも》だちのニシを家《いえ》まで送《おく》ってほしいんですけど、車《くるま》のスペースに余裕《よゆう》はありますか？」

「もちろんです」

サビーンはいって、ヘッドセットにむかって指示《しじ》を出《だ》した。

こうしてニシは、あたしといっしょに黒塗《くろぬ》りの車《くるま》に乗《の》って下校《げこう》することになった。

リムジンと比《くら》べたら楽《たの》しさは半分以下《はんぶんいか》だけど（ミニバーとかディスコみたいなライトとかがないから）、それでもバスよりずっといい。

ニシがサビーンにたのんで、ジェノヴィア王室警護隊《おうしつけいごたい》の車《くるま》のなかにあるカッコいいものをぜんぶ見《み》せてもらった。警察無線《けいさつむせん》とか、防弾《ぼうだん》ガラスの窓《まど》とか（窓《まど》がひらかないようになってるの。だから、ドライブスルーに寄《よ》ってもらったとき――鼻《はな》が痛《いた》すぎるから、ニシとあたしでチョコレートミルクシェイクをシェアして飲《の》む必要《ひつよう》がありそう、ってたのんだ――サビーンが車《くるま》からおりてとりに行《い》かなきゃいけなかった）。

ニシにいわれて、あたしは車《くるま》に乗《の》ってるときはずっと、救急箱《きゅうきゅうばこ》に入《はい》ってた脱脂綿《だっしめん》を鼻《はな》につっこんでた。ミルクシェイクをいっしょに飲《の》んでるときも。

ニシの家《いえ》に着《つ》いたとき、ニシはおりたがらなかった。

「ホントにホントにだいじょうぶ？」

ニシはおりる前《まえ》にさんざんたずねた。

「うん」

「だったら、おばさんにいって、保冷剤《ほれいざい》もってきてもらいなよ。または、医者《いしゃ》に連《つ》れてってもらってもいいかも。それか、あたしといっしょに来《く》る？　うちのママが連《つ》れてってくれるから」

「だいじょうぶ」

声《こえ》がまだヘンな感《かん》じ。たぶん、鼻《はな》をつまんだままだからだ。

「氷《こおり》あるし。それに、お医者《いしゃ》さんに行《い》ったほうがよければ、ここの人《ひと》たちが連《つ》れてってくれるし」

サビーンは助手席《じょしゅせき》からニシをじっと見《み》つめた。

「任《まか》せてください、ミス・ニシ・パテール、こちらで今回《こんかい》の件《けん》は収拾《しゅうしゅう》をつけますから」

「わかった。だけど、オリヴィア、あとで電話《でんわ》して」

ニシはまだ心配《しんぱい》そうだ。

「うん、電話《でんわ》する」

ニシが家《いえ》に入《はい》っていくと、今度《こんど》はあたしの家《いえ》にむかった。

車《くるま》をおりたとき、ジャスティンとサラもちょうどバスで着《つ》いたところだった。バスは、ミルクシェイクを買《か》うためにドライブスルーに寄《よ》って、親友《しんゆう》を家《いえ》に送《おく》ったこの車《くるま》と、おなじだけ時間《じかん》がかかった。

「きゃーっ、まだ血《ち》だらけじゃない」

サラがあたしを見《み》ていう。

「おえーっ」

ジャスティンがいう。

家《いえ》に入《はい》っていって、びっくりぎょうてん。むこうもおなじだっただろうけど。

パパとミアがリビングにすわって、キャサリンおばさんとリックおじさんと話《はなし》をしてた。

「まあ、オリヴィア、おかえりなさい。お父《とう》さまが……」

おばさんが声《こえ》をあげると、スノーボールが、おかえりとあたしをなめに走《はし》ってきた。

そのときミアが、がばっと立《た》ちあがって、ひざにのっけてたコーヒーカップをソーサーごと落《お》とした。おばさんの真《ま》っ白《しろ》なカーペットにしみがつく。

「オーマイガーッ！」

ミアは叫《さけ》んで、走《はし》ってくると、あたしをガシッとつかんだ。

「何《なに》があったの？　その血《ち》、どこから出《で》てるの？」

パパもかけよってきて、ミアのとなりで、あたしの腕《うで》を上《うえ》から下《した》まで、骨《ほね》が折《お》れてないかどうかたしかめてるみたいにさすった。

「どこが痛《いた》い？　だれにやられたんだ？」

サラが「心配《しんぱい》いらないのに」って大人《おとな》たちにむかっていいながら、お父《とう》さんと義理《ぎり》のお母《かあ》さんの前《まえ》の背《せ》の低《ひく》いテーブルにのってるお皿《さら》から、グルテンフリーのクッキーを手《て》にとった。

「アナベル・ジェンキンズに顔《かお》をなぐられたって、それだけのことよ」

「オーマイガーッ！　ジェノヴィア王室警護隊《おうしつけいごたい》がついてて、どうしてこんなことに？」

ミアが叫《さけ》ぶ。

あたしの鼻《はな》から脱脂綿《だっしめん》をはずそうとしてるけど、あたしは抵抗《ていこう》した。

おばさんの白《しろ》いカーペットに血《ち》がたれたらタイヘンだ。いまだっておばさんは、両手足《りょうてあし》をついて、ミアがつけたコーヒーのしみをこすり落《お》とそうとしてる。

あたしは、脱脂綿《だっしめん》をつめたままいった。

「ブッシー校長《こうちょう》が、警護隊《けいごたい》はアナベル・ジェンキンズの半径十《はんけいじゅう》メートル以内《いない》に近《ちか》づかないようにいったからだよ。アナベルのお父《とう》さんが、クランブルックの学校《がっこう》を訴《うった》えるっていったの。サビーンがラーズに電話《でんわ》して、ミアに報告《ほうこく》するようたのんでくれたけど、ミアはミーティング中《ちゅう》だってラーズにいわれて。まさかここでしてるとは思《おも》ってなかったけど」

パパとミアは同時《どうじ》にくるっと振《ふ》りかえって、ラーズをにらみつけた。

ラーズはリビングの壁《かべ》によりかかって立《た》って、ヘッドセットをとんとんと手《て》で示《しめ》すと、おどおどと肩《かた》をすくめた。

「陛下《へいか》とプリンセスがじゃまをしないようにとおっしゃったものですから」

パパの表情《ひょうじょう》からして、ラーズ、あとでとっちめられちゃうだろうな。

ま、心配《しんぱい》はしてないけど。もう、何《なに》があっても心配《しんぱい》じゃない。っていうか、期待《きたい》しかない。

だって、パパが来《き》たんだもん！

それってどういう意味《いみ》？

いいことに決《き》まってる。ぜったい。

でしょ？

ところが、リックおじさんがソファにすわったまま、げらげら笑《わら》いだした。

それって、イヤな予感《よかん》しかしない。

「ジェンキンズのやりそうなことだ。まったく、できる男《おとこ》だな」

おじさんが首《くび》を振《ふ》りながらいうと、パパは、何《なに》をいってるんだという顔《かお》をした。

キャサリンおばさんが、カーペットの上《うえ》でため息《いき》をついた。まだ、ミアがつけたコーヒーのしみをふきとろうとしてる。

「大《おお》げさだわ。思春期《ししゅんき》の女《おんな》の子《こ》にありがちなけんかでしょう。そういう年《とし》ごろだもの。みんな、自己主張《じこしゅちょう》が強《つよ》くなるのよ」

キッチンにつづくドアによりかかって、グルテンフリーのクッキーをかじっていたジャスティンが、ニヤニヤしながらいう。

「なかにはそういう女子《じょし》もいるけど、オリヴィアは自己主張《じこしゅちょう》もできてないぜ。見《み》ものだったなあ。木《き》がたおれるみたいに、バタッてさ」

「その場《ば》にいたのか？」

パパが、ぱっとジャスティンのほうを見《み》る。

「もちろん。みんないたよ。写真《しゃしん》もバンバン撮《と》ってたし。いっぱい出《で》まわるだろうな」

ジャスティンは、意外《いがい》なことをいわれたみたいな顔《かお》で答《こた》えた。

「写真《しゃしん》だと？」

おじさんは、笑《わら》うのをやめた。

「そして、きみはとめようとしなかったのか？」

パパがジャスティンにむかって大声《おおごえ》をあげた。

「えっ、オレ……つーか、オレのケンカじゃねえし」

ジャスティンはおびえた顔《かお》でいった。

「つまり、だまって突《つ》っ立《た》ったまま、オリヴィアが顔《かお》をなぐられるのを見《み》ていたというわけだな？」

パパがどなると、おじさんが立《た》ちあがってジャスティンの横《よこ》に行《い》った。

「おいおい、うちの息子《むすこ》の責任《せきにん》じゃないぞ。きみの娘《むすめ》が……」

「たったいま、その場《ば》にいたというのをきいた。だまって見《み》ていたとな！　いったいどんな教育《きょういく》を……」

「やめて！　ジャスティンにどうしろっていうの？　この子《こ》はぜんそくもちなのよ！」

おばさんが叫《さけ》ぶ。

「すぐにオリヴィアをお医者《いしゃ》さまのところに連《つ》れていくわ」

ミアが、割《わ》って入《はい》った。すごく冷《つめ》たい声《こえ》。スノーボールがくんくんにおいをかいでるコーヒーのしみが凍《こお》りつきそうなくらい冷《つめ》たい。

「まあ、その必要《ひつよう》はありません。わたしのほうで、かかりつけの小児科医《しょうにかい》に……」

おばさんが声《こえ》をあげる。なんか、うろたえてる。どうしてかは不明《ふめい》だけど。

すると、ミアがあたしの手《て》をとっていった。

「それではその小児科《しょうにか》のお医者《いしゃ》さまにお伝《つた》えください。ジェノヴィアの宮廷医師《きゅうていいし》にオリヴィアのデータを送《おく》るように、と。今回《こんかい》の事件《じけん》ではっきりしたわ。さきほど話《はな》し合《あ》っていたことの、何《なに》よりも確実《かくじつ》な証拠《しょうこ》でしょう？　このままでは、安全《あんぜん》とはいえません。ここはオリヴィアが安定《あんてい》した暮《く》らしをできる環境《かんきょう》とはいえません。もし不服《ふふく》がおありなら、わたしたちの弁護士《べんごし》に連絡《れんらく》をとってください。わたしたちは、これで失礼《しつれい》します。さあ、オリヴィア、荷物《にもつ》をとりに行《い》きましょう」

ミアはあたしの手《て》を引《ひ》っぱって、部屋《へや》に連《つ》れていこうとした。

でもあたしは、いくら鼻《はな》がズキズキしてても、このあとの展開《てんかい》が気《き》になってしかたなくて動《うご》かなかった。

すると、パパがジャスティンとおじさんをにらむのをやめて、いった。

「ああ、そうだ、そうだな、ミア。おまえのいうとおりだ。行《い》こう」

で、パパはかがんでスノーボールを抱《だ》きあげた。おばさんはもう、おどおどした顔《かお》をしてない。

「安定《あんてい》した暮《く》らしをできる環境《かんきょう》とはいえない、って……オリヴィアに、あれだけさんざんよくしてきたのに！」

パパはもぞもぞ動《うご》くスノーボールを片腕《かたうで》で抱《だ》きかかえながらいった。

「キャサリン、いっておくが、そちらの弁護士《べんごし》に目《め》を通《とお》してもらったほうがいいと思《おも》われる書類《しょるい》が、そのテーブルの上《うえ》においてある。うちの娘《むすめ》にどれだけよくしてきたか自慢《じまん》したかったら、そのあとにしたほうがいいだろう。しかも今日《きょう》、オリヴィアがどんな目《め》にあったか考《かんが》えれば、よけいわかるはずだ」

「でも……でも、ただのちょっとしたけんかでしょう？　女《おんな》の子《こ》どうしのけんか！　なんてことないじゃない！」

おばさんが口《くち》ごもりながらいうと、パパは冷《つめ》たい声《こえ》でいった。

「なんてことない？　わたしにはとてもそうは思《おも》えないがね。それどころか、きみたち夫《ふう》婦《ふ》の財源《ざいげん》については、こちらで調《しら》べがついている。ジェンキンズとかいう人物《じんぶつ》との取引《とりひき》のこともね。想像《そうぞう》するに、法的《ほうてき》な追及《ついきゅう》をされたら非常《ひじょう》に困《こま》るのではないか？　図星《ずぼし》だろう？」

おばさんと義理《ぎり》のおじさんが、顔《かお》を見合《みあ》わせるのが見《み》える。さっき、ラーズがしてたのとおなじ表情《ひょうじょう》だ。マズいことをやっちまった、みたいな。

それでも、おばさんはあきらめようとしなかった。

「でもわたしは、姉《あね》と約束《やくそく》したのよ。姉《あね》の娘《むすめ》を、できるだけふつうに育《そだ》てるって……」

「ふつう、か。それとも、平均的《へいきんてき》？」

パパが冷《つめ》たくいう。

すると、おばさんは床《ゆか》に目《め》を落《お》とした。ミアがつけたコーヒーのしみを見《み》たんじゃなくて、自分《じぶん》の足元《あしもと》を見《み》つめてる。顔《かお》が赤《あか》くなる。

パパがさらにつづけた。

「キャサリン、きみもよくわかっているはずだ。エリザベスはオリヴィアを、ふつうに育《そだ》てたかったわけでも、平均的《へいきんてき》にしたかったわけでもない。オリヴィアらしく育《そだ》てたかったはずだ。それは、平均的《へいきんてき》とはまったくちがう。そして、いまここで起《お》きていることも、とても平均的《へいきんてき》なできごととはいえないはずだ」

おばさんは顔《かお》をあげた。

気《き》づいたら、あたしはおばさんに腕《うで》をつかまれてた。

おばさんは、涙《なみだ》ながらにいった。

「オリヴィア、わたしたちは、あなたに自分《じぶん》は平均的《へいきんてき》だなんて感《かん》じさせたかったわけじゃないのよ。決《けっ》して甘《あま》やかしてはいなかったけど、それは姉《あね》があなたをふつうの女《おんな》の子《こ》に育《そだ》てたがっていたからなの。ふつうの人《ひと》たちのなかで生活《せいかつ》するのがどんなふうか、知《し》ってほしがっていたからよ。姉《あね》はあなたを、どこかのお高《たか》くとまったお金《かね》もちのプリンセスみたいにしたくなかったの。自分《じぶん》の外見《がいけん》ばかり気《き》にして、雑誌《ざっし》の表紙《ひょうし》になりたがるような」

おばさんは、ミアにむかって眉《まゆ》を寄《よ》せた。ミアが傷《きず》ついた顔《かお》をする。

「オリヴィア、あなただって、そんなふうになりたくないでしょう？」

「なりたくない。当《あ》たり前《まえ》だよ！」

あたしはぞっとして叫《さけ》んだ。おばさんがにっこりする。あたしの腕《うで》をつかんでた手《て》を、少《すこ》しゆるめた。

「ああ、よかった。心配《しんぱい》しちゃったじゃないの！」

あたしは、おばさんの手《て》を振《ふ》りはらいながら、きっぱりいった。

「あたしは、賢《かしこ》くて勇気《ゆうき》があって強《つよ》いプリンセスになりたい。人《ひと》を外見《がいけん》で判断《はんだん》したりしないで、モノよりも人間《にんげん》をたいせつにするプリンセスにね！　だからあたしは、パパやミアといっしょに暮《く》らしたいんだよ」

おばさんの顔《かお》から笑《え》みが消《き》えた。おじさんのほうをちらっと見《み》る。おじさんは、おばさんとおなじく、動揺《どうよう》してる。

「オリヴィア、いま……いま、なんて？　なんの話《はなし》をしてるの？　おばさんはあなたをたいせつに思《おも》っているのよ」

「ううん、ちがう。おばさんがそんなふうに思《おも》ってないのはわかってるよ。さっきだって、あたしが帰《かえ》ってきたとき、パパとミアはすぐにだいじょうぶかって走《はし》ってきてくれた。でも、おばさんが気《き》にしてたのは、カーペットのしみだけ。あたし、ほんとうに決心《けっしん》がついたの。自分《じぶん》を愛《あい》してくれる人《ひと》といっしょに暮《く》らすことに決《き》めた。あのー、どなたか、氷《こおり》をもってきてくれませんか？　鼻《はな》が痛《いた》くて」

そしていま、あたしはサビーンがもってきてくれた氷《こおり》を鼻《はな》に当《あ》てながら、これを書《か》いてる。

そのあいだに、サビーンとミアがあたしの荷物《にもつ》（もともとそんなにたくさんないけど）をつめてくれてるし、パパがおばさんに、あたしの親権《しんけん》を放棄《ほうき》するっていう書類《しょるい》にサインさせてる。

このあとあたしたちはリムジンに乗《の》って、クランブルックとは永遠《えいえん》にさよならする予定《よてい》。だけどその前《まえ》にミアが、一《いっ》か所《しょ》だけ寄《よ》ってくれるって約束《やくそく》してくれた（お医者《いしゃ》さんに行《い》って鼻《はな》を診察《しんさつ》してもらってからってのは、ゆずらなかったけど）。

あたしがずっと行《い》きたかった場所《ばしょ》。

チーズケーキファクトリー！

大《たい》西《せい》洋《よう》上《じょう》空《くう》のどこか

いま、飛行機《ひこうき》のなか！

生《う》まれてはじめて、飛行機《ひこうき》に乗《の》った。

しかも、ふつうの飛行機《ひこうき》じゃない。ジェノヴィア王室専用《おうしつせんよう》機《き》。ママが操縦《そうじゅう》してたようなプライベートジェットだ。

パパにいいっていわれたから、コックピットに入《はい》って副操《ふくそう》縦士席《じゅうしせき》にすわってみた。

副操縦士《ふくそうじゅうし》のお姉《ねえ》さんが、自分《じぶん》のヘッドセットをあたしにつけてくれて、管制塔《かんせいとう》と話《はなし》をさせてくれたし、パイロットが操《そう》縦装置《じゅうそうち》をぜんぶ説明《せつめい》してくれて、ほんの少《すこ》しだけ操縦《そうじゅう》もさせてくれた（すぐにおばあさまがフライトアテンダントのひとりをよこして、ラメルが酔《よ》うからやめるようにって伝言《でんごん》された）。

これって、あたしの人生《じんせい》のサイコーの瞬間《しゅんかん》リストにぜったいのるやつ。

しかも、あたしの鼻《はな》、もう痛《いた》くない。っていうか、さわると痛《いた》いけど。みてくれたお医《い》者《しゃ》さんがやさしくて、打撲《だぼく》はしてるけど骨《ほね》は折《お》れてないって。

そしていま、ジェノヴィアがアナベルのお父《とう》さんを訴《うった》えてる！

ジェンキンズさんにしてみたら、いい気分転換《きぶんてんかん》なんじゃないかな。いつも訴《うった》えてる側《がわ》なのに、訴《うった》えられるんだから。

自分《じぶん》の娘《むすめ》が学校《がっこう》であたしの顔《かお》にパンチした事件《じけん》は、メディアでランキングトップのニュースになってる。

あとは、プリンセス・ミアが出《だ》した声明《せいめい》も。

あたしがプリンセスだってことを秘密《ひみつ》にしておきたがったのは、あたしの亡《な》くなったママだってこと。

それ以来《いらい》、失礼《しつれい》な質問《しつもん》をされなくなった。

おばあさまは、これに慣《な》れちゃいけないっていってる。

「だれもがスキャンダルが大好《だいす》きなのですよ」

あたしは、スキャンダルをつくらないように努力《どりょく》する、って答《こた》えた。

だって、スキャンダルになりようがないし。

ジェノヴィアのあたらしい家《いえ》に行《い》くとちゅうで、あたらしい家族《かぞく》とスノーボールといっしょ。プライベートジェットだから、乗《の》ってるのは、パパとおばあさまとラメルとお姉《ねえ》ちゃんとお姉《ねえ》ちゃんの婚約者《こんやくしゃ》のマイケル（すごくやさしくて、きみならぼくたちの子《こ》どものいいおばさんになってくれそうだ、っていってくれた）で、スノーボールはあたしのひざの上《うえ》で寝《ね》てる。キャリーバッグに入《い》れたりしなくてもいいの。

まだ窓《まど》の外《そと》にジェノヴィアは見《み》えない。けど、海《うみ》と雲《くも》の上側《うえがわ》は、たくさん見《み》た。

雲《くも》の上《うえ》の部分《ぶぶん》ってはじめて見《み》た。横《よこ》と底《そこ》しか見《み》たことなかったもん。

すごくきれいで、とくにおひさまの光《ひかり》が当《あ》たってキラキラしてるときなんか、天国《てんごく》ってこんなカンジかなって思《おも》っちゃう。この白《しろ》いふわふわのむこうに天使《てんし》がかくれてて、あたしたちが通過《つうか》するのを待《ま》ってるんじゃないかって（天使《てんし》がほんとうにいるかどうかは死《し》ぬまでわかんないけど）。

で、天使《てんし》はあたしたちの姿《すがた》が見《み》えなくなると、また出《で》てきて遊《あそ》びだす。ハープを弾《ひ》いたり、ピンポンしたり、いろいろ。天使《てんし》はそうやって一日《いちにち》じゅう過《す》ごしてるんじゃないかな。

ほんとうは、窓《まど》の外《そと》の天国《てんごく》にいるママに手《て》を振《ふ》りたかった。

だけど、だれかに見《み》られて、だれに手《て》を振《ふ》ってるのかってきかれたくない。ヘンだって思《おも》われちゃうもん。天使《てんし》のママに手《て》を振《ふ》ってるなんて。

しかも、手《て》なんか振《ふ》らなくてもだいじょうぶ。

たぶんママはもう、あたしがここにいるのを知《し》ってる。

そしてきっと、あたしが幸《しあわ》せなのをよろこんでくれてる。

ジェノヴィア宮殿《きゅうでん》 あたしの部屋《へや》

めちゃくちゃ眠《ねむ》い。

パパがいってたけど、〝時差《じさ》ぼけ〟のせいらしい。自分《じぶん》の国《くに》と時差《じさ》がある国《くに》に旅行《りょこう》するときになるんだって（ジェノヴィアはニュージャージーより六時間早《ろくじかんはや》い。だから、いつもならとっくに寝《ね》てる時間《じかん》だ）。

だけど、どうしてもいまのうちに書《か》いておきたい。

こんなきれいな場所《ばしょ》、見《み》たことないんだもん！

ジェノヴィアにはチーズケーキファクトリーはないけど、ここに来《き》たのはどう考《かんが》えても正解《せいかい》。それに、チーズケーキファクトリーに負《ま》けずに――以上《いじょう》ではないけど――ワクワクするお店《みせ》もあるみたい。宮殿《きゅうでん》のキッチンだって、好《す》きなものを、好《す》きな時間《じかん》に注文《ちゅうもん》していい。

もう、明日《あした》の朝《あさ》ゴハンのぶんは注文《ちゅうもん》してある。ワッフルとエッグ&《アンド》ソルジャーズ。あと、ランチも。

ジェノヴィアって、においもステキ。クランブルックとは大《おお》ちがい。あたしの部屋《へや》のバルコニーの外《そと》に咲《さ》いてる花《はな》は、オレンジみたいな香《かお》りがする。と思《おも》ったら、オレンジの木《き》だった。

自分《じぶん》の部屋《へや》の窓《まど》のすぐ外《そと》に、オレンジの木《き》があるなんて！　手《て》をのばせば好《す》きなときにオレンジをとって食《た》べられる。タダで。オレンジに料金《りょうきん》はかからない。っていうか、ほかのものもぜんぶ。宮殿《きゅうでん》にある何《なに》もかもがタダ。リムジン状態《じょうたい》。もちろん、それよりずっと大《おお》きいけど。

あたしの部屋《へや》はめちゃくちゃ広《ひろ》くて、壁《かべ》に雲《くも》と鳥《とり》の絵《え》が手描《てが》きしてあるし（すごくホンモノっぽい。めちゃくちゃ古《ふる》い絵《え》だから、野生動物《やせいどうぶつ》のイラストレーターが描《か》いたんじゃないと思《おも》うけど）、バルコニーがついてて、見《み》おろすとプールがある。

ウソみたいだけど、宮殿《きゅうでん》にはプールがあって、噴水《ふんすい》がたくさんあるし、海《うみ》も見《み》わたせる。

ジェノヴィアがクランブルックとはぜんぜんちがうのはわかってたけど、ここまでちがうとは思《おも》ってなかった。

もうニシにはメールして、来《き》たらビックリするよって伝《つた》えた。ディズニーワールドの美《び》女《じょ》と野獣《やじゅう》のお城《しろ》なんて、ちゃちに見《み》えるはずだって（ま、あたしは美女《びじょ》と野獣《やじゅう》のお城《しろ》も行《い》ったことないんだけどね）。

ニシはまだ返信《へんしん》してこない（たぶん時差《じさ》のせい）けど、パパとママからもう、夏休《なつやす》みじゅうこっちにいていいって許可《きょか》をもらったっていってたし。お姉《ねえ》ちゃんの結婚式《けっこんしき》もあるし、ふたりで介添《かいぞ》え人《にん》をする予定《よてい》。

あー、待《ま》ちきれない（スカートはかなきゃいけないけど。でもミアが、プリーツスカートじゃないって約束《やくそく》してくれた）。

あと、まだまだある。

ジェノヴィアは海《うみ》に面《めん》してるけど、ニュージャージーのビーチとはぜんぜんちがう。

ジェノヴィアは地中海沿《ちちゅうかいぞ》いで、海《うみ》はきれいなターコイズブルーだし、ビーチの砂《すな》は白《しろ》くてさらさら。大《おお》きなヨットとかオシャレなレストランとかカジノとか、もちろん宮殿《きゅうでん》もある。

ついさっきも、宮殿《きゅうでん》のゴールドの門《もん》を車《くるま》で通《とお》ってきた。だって、**ここに住《す》んでるんだもんっ。**

そして、門《もん》の外《そと》には、おもしろい青《あお》と白《しろ》の制服《せいふく》を着《き》て武装《ぶそう》した衛兵《えいへい》がたくさん立《た》ってる。観光客《かんこうきゃく》もみんな、写真《しゃしん》をバシバシ撮《と》ってた。

衛兵《えいへい》たちは何《なに》があってもマジメな顔《かお》しててておもしろいけど、ミアに、笑《わら》っちゃいけないっていわれた。命《いのち》をかけてあたしたち、ロイヤルファミリーを守《まも》ってくれてるんだからって。たしかに、尊敬《そんけい》する。

パパが、宮殿《きゅうでん》のドアは樹齢千年近《じゅれいせんねんちか》い木《き》でできてるって教《おし》えてくれた。大広間《おおひろま》にずらっと並《なら》んでる絵《え》は、一三〇〇年代《ねんだい》くらいからのご先祖《せんぞ》さまの肖像画《しょうぞうが》だ。おばあさまがいってたけど、あたしも〝肖像画《しょうぞうが》のモデル〟にならなきゃいけないんだって。あたしも、〝王家《おうけ》の一員《いちいん》〟だからって。

それで思《おも》い出《だ》した。生物《せいぶつ》の宿題《しゅくだい》の【わたしはだれ？】のプリント、すっかり提出《ていしゅつ》するのを忘《わす》れてた。

でも、カンケーないかな。もうジェノヴィア王立《おうりつ》アカデミーに入学《にゅうがく》したたし。じきに通《かよ》うことになるけど、パパは「あせることはない。もっと慣《な》れなければいけないたいせつなことがたくさんあるのだから。時差《じさ》とか、もちろん、あたらしい家族《かぞく》とか」って。

パパにそういわれて、なんかヘンなカンジになった。一瞬《いっしゅん》、どうヘンなのか、わかんなかったけど。でもすぐに、気《き》づいた。

幸《しあわ》せ、だ。家族《かぞく》がいる。

あたしには、家族《かぞく》がいる。ほんものの家族《かぞく》が、生《う》まれてはじめている。

これって、人生《じんせい》でいちばんハッピーな瞬間《しゅんかん》。絵画教室《かいがきょうしつ》から奨学金《しょうがくきん》をもらえるといわれたあの日《ひ》より幸《しあわ》せ。パパにいっしょに住《す》もうっていわれたときより幸《しあわ》せ。

プリンセスだってわかったからじゃなくて、窓《まど》の外《そと》にオレンジの木《き》があって壁《かべ》に鳥《とり》の絵《え》が描《か》いてあるステキな部屋《へや》に住《す》めるからでもない。

夏《なつ》じゅうニシといっしょに過《す》ごせるからでもない。

ひざの上《うえ》でぐっすり眠《ねむ》ってる犬《いぬ》がいて、それがあたしの犬《いぬ》だから、でもない。

とうとう、愛《あい》してくれる家族《かぞく》ができたから。

それって少《すこ》しもタイクツじゃないし、平均的《へいきんてき》でもない。いちばんトクベツで、いちばんすばらしいこと。

〈Fin〉

Shogakukan Junior Bunko

★小学館ジュニア文庫★
JCオリヴィアのプリティ・プリンセス日記

2018年10月31日　初版第1刷発行

著／メグ・キャボット
訳／代田亜香子
絵／烏羽 雨

発行人／立川義剛
編集人／吉田憲生
編集／杉浦宏依

発行所／株式会社　小学館
〒101-8001　東京都千代田区一ツ橋2－3－1
電話／編集　03-3230-5105
販売　03-5281-3555

印刷・製本／大日本印刷株式会社

デザイン／周 玉慧

Printed in Japan　ISBN 978-4-09-231157-2